中華書局

金庸的電影歲月

從笑傲江湖到家國情懷

張彧 著

1958 年 7 月 26 日舉行峨嵋影片公司成立宴暨製片工作會
議。峨嵋的創業作就是金庸（後排左二）武俠小說首次搬上
銀幕的《射鵰英雄傳》。該片製片人李化（後排左一）、導
演胡鵬（後排右二）、劇務周忠（後排左三），以及飾演郭
靖的曹達華（後排右一）、飾演楊鐵心的李清（前排右一）
和飾演哲別妻的李月清（前排左一）合照。《射鵰英雄傳》
隨即開拍，同年 10 月 23 日在香港公映。

首部金庸武俠小說改編電影《射鵰英雄傳》(1958) 的宣傳廣告。該片由當時觀眾熟悉的粵語片演員李清 (廣告誤植「青」字)、梅綺、曹達華、容小意和林蛟，分別飾演楊鐵心、包惜弱、郭靖、黃蓉和楊康等角色。

1958 年 12 月首映的《碧血劍（上集）》是第二部改編自金庸武俠小說的電影，由吳楚帆和曹達華分別飾演金蛇郎君和袁承志，羅艷卿飾演溫儀。

謹將本書獻給日新、國麗、國玲、芷汀、恩鳴

和所有見證中華民族復興的孩子們。

序一
連民安

今年（2024）是武俠小說大師金庸百年冥壽，中國內地、香港及台灣地區皆有舉行各種紀念活動，其中他植根的香港，無論是官方的或民間的，所舉辦的相關活動更是空前盛大多樣，有展覽、講座、研討會、舞台劇，而相關的出版刊物更不計其數，其中有專論其小說創作，有探討他的小說版本源流、也有小說衍生出來的各種藝術表現形式的論述等。

七年前吳貴龍先生編著的《亦狂亦俠亦溫文——金庸的光影片段》就是第一本透過藏品，全面介紹金庸小說改編的電影和電視作品，期以圖片展示，讓讀者從圖像去認識金庸小說改編的影視世界。七年過去，歷史學者張彧博士新作《金庸的電影歲月》，可算是在吳著基礎上，就目前所見，對金庸與電影的關係分析探討最全面的一部專著！

過去一般人看金庸，是小說家金庸，報人查良鏞，政論家查良鏞，較少人會注意到他的電影因緣。作者詳人所略，專門深入研究金庸在這方面的成就，以至「對全球華人世界的流行文化發展」所帶來的影響。

正如作者所言，金庸初期在報章撰寫影評影話，又以兼職身份進入「長城電影公司」擔任編劇，並長期在官方刊物《長城畫報》寫電影專欄，向讀者介紹不少中西方的電影知識等，當時可能就是一個文字工作者的生活日常，但這亦展現出一位年青知識分子對電影這第八藝術的深厚認識，也是他的興趣所在。就是具備了這方面的條件，內地學者陳墨就說，這對他寫小說時的場景調度、故事情節的推進都有一定的幫助。

自己的作品受人欣賞，進而改編成電影讓更多人認識，實在是值得高興的事，金庸自然也不例外。當「峨嵋影片公司」要把《射鵰英雄傳》、《碧血劍》等小說搬上銀幕時，他以顧問身份提供不少意見，並出席相關的不同活動，這方面本書有詳細記述。而從當時的票房反應來看，金庸小說所改編的電影是廣受觀眾歡迎的，主要是人物性

格鮮明突出、情節變化新奇。相較前之「火燒紅蓮寺」或「江湖奇俠傳」等以放飛劍、隔空擊掌等取悅觀眾的神怪影片，實在一新觀眾耳目眼光，為武俠電影拓展一條嶄新大道。

作者在本書先從金庸早年的成長經歷始，進而涉足電影工作，並在平行時空開始創作武俠小說，亦由編而優則導，再得到電影公司賞識把多部小說改編成電影的來龍去脈等一一詳述，在豐富而珍貴的圖片配合下，讓讀者對金庸與電影的關係有深切的認識和了解。

本書雖名「金庸的電影歲月」，但作者並沒有以電影為限，應該說他藉此作為起點，嘗試從他本身的種種經歷，去探討一個時代知識分子的家國情懷，為他「俠之大者，為國為民」這畢生志業下一個註腳。

這是作者繼去年《香江飛鴻——黃飛鴻傳奇與嶺南文化》後的第二本專著，在「金學」盛行當道的今日，本書能在眾多的小說文本探究、版本溯源之外別闢蹊徑，專門探討「金庸與電影」這個課題，並藉此讓讀者對金庸「有更立體的認識」，足見用心。作者日後如能進一步把七十年代之後多部的金庸小說電影再作探討，相信不僅是我的個人想望，也是一眾「金迷」的共同心願。

2024 年 5 月 28 日

序二
鄺啟東

際此金庸百歲冥壽的特別日子，歷史學者張彧博士出版《金庸的電影歲月》一書，饒有意義。

乍看書名《金庸的電影歲月》，或許有讀者誤以為這本書只是介紹或談論由金庸小說改編而搬上大銀幕的電影，於是馬上翻揭目錄，找尋滿以為可以看到的章節——周星馳版的韋小寶、林青霞版的東方不敗、許冠傑或李連杰版的令狐沖。然而，作者沒有篇幅提及這些近代電影。因為，作為一位歷史學者，兼對香港文化素有研究的作者，要帶給讀者的，是一個更有研究深度和價值的範疇——那是金庸真正在電影圈打拼的歷史片段。

要介紹這個片段，就由金庸的身份說起。

金庸不獨是那個撰寫小說的金庸，還身兼多個成就非凡的身份。拙作《另類金庸》曾經以「月明星稀」做比喻——他的小說就是「明月」，由於小說的成就過於偉大，以致其他文字著作就變成「稀星」，光芒盡被他的小說所掩蓋，往往被人們忽略。在此，特別再補充一點，「小說家」金庸也是「明月」，幸而這個身份未能盡掩金庸其他非凡的身份，諸如他在報界、政界的成就和地位亦廣為人知，但是，金庸還有一個「電影人」的身份，相較之下就有點如同「稀星」了。

金庸首次撰寫小說《書劍恩仇錄》是1955年，創辦《明報》以及開始在報上寫社評是1959年，從政更是在報界有所成就和名譽之後的事，所以小說家、報人、政治評論家、社會活動家等等的稱銜，可說是1955年和1959年之後而起。然而，金庸南下香港是1948年，那麼由他抵港到創辦《明報》期間，他又有哪些身份呢？

金庸在創辦《明報》之前，主要供職《大公報》，以及隸屬《大公報》的《新晚報》，是報界從業員。除了編輯工作，也撰寫及翻譯多類文章，包括前後用過四個筆名

在報上寫影評，算是半個「電影人」身份。

其實金庸其間曾經在長城電影公司以全職或兼職性質工作，他用筆名「林歡」編寫多個電影劇本，又為電影主題曲和插曲填詞，又為長城電影公司旗下的《長城畫報》雜誌長期撰寫專欄，更甚至兩度執過導演筒攝製電影，絕對稱得上是百分百「電影人」。金庸最後一部執導的電影《王老虎搶親》（與胡小峰合導），上映年份是 1961 年（其時金庸已離開《大公報》而創辦《明報》），因此他的「電影人」身份，可以說貫徹整個上世紀五十年代。

張徹兄的《金庸的電影歲月》，就是闡述和分析這段作為「電影人」的金庸的歷史。本書難能可貴之處，我覺得有三點不可不察：

首先是作者並非人云亦云，臚列資料，而是每每以當年文獻做根據，讓實物說故事，要知上世紀五十年代距今已經七十多年，當年文獻大多散佚，作者耗以難以估算的人力財力蒐集資料，方能填補這段日子的空白。

其次是作者不止鋪陳故事，還從金庸來港前後的經歷說起，分析如何逐步走向「電影人」身份，以及這些作為「電影人」的經歷和作品，如何影響着金庸後來在文壇上的巨大成就。這種分析，前人極少論及，當可大大啟發研究金庸的方向。

最後作者兼顧論述金庸小說最早改編成電影的面貌，那是早於五十年代末的黑白「粵語長片」。譬如當金庸仍在報上連載《射鵰英雄傳》、《神鵰俠侶》、《倚天屠龍記》的時候，電影公司已經搶着先機，向金庸購入版權，開拍及上映還未連載完的電影版《射鵰英雄傳》、《神鵰俠侶》和《倚天屠龍記》等等。這些電影，很多讀者或觀眾不單無緣看過，甚至聞所未聞，那是曹達華飾演郭靖、謝賢飾演楊過、張瑛飾演張翠山、林家聲飾演張無忌的歲月啊！

如此珍罕資料，以及細緻入微的剖析，都跳出研究「金學」已有的舊框架，帶領讀者深入認識另一個角度的金庸。無論是金迷，抑或是對香港舊文化有興趣者，《金庸的電影歲月》都是萬萬不能錯過的好書。

2024 年 5 月 29 日

目錄

☆✩☆✩☆✩☆ ★✩★✩★✩★✩★✩☆✩☆✩☆✩☆✩☆✩☆✩☆✩☆✩☆

第一章　一事能狂便少年

前言

今年是金庸先生的百歲冥誕，對於他的貢獻，尤其是他的武俠小說，自1980至90年代，由港、台地區開始，陸續出版過不少評論著作和傳記，當時就有人提出「金學」的說法，對於一個作者來說，是很大的肯定。

回顧其一生的成就，小說創作一定佔有特殊地位，自1955年2月8日在《新晚報》發表《書劍恩仇錄》連載首篇起，至1972年9月23日《鹿鼎記》在《明報》連載完畢，在17年半的時間裏，總共寫了15部武俠小說，不同版本字數不一，估計合共850萬到1,100萬字之間，創造了約1,400個小說角色，無論是主角或配角，皆栩栩如生，活靈活現。小說提及380多種武功、接近100個門派，而一個個引人入勝的故事情節，讓一代又一代的讀者，廢寢忘食地追看下去。

金庸武俠小說所呈現的世界，多姿多彩，橫跨二千年中國歷史，所描繪的地理環境，遍及大江南北，從黃河到長城，從大漠草原到江南水鄉，從大理到西夏，從嵩山到武當山，從華山到天山，從錢塘江到太湖，引領讀者暢遊神州大地。文化宗教上，談到儒、釋、道，也談到摩尼教和伊斯蘭教，不同宗教文化，不同民族，豐富多彩的場景，配合曲折的情節和細膩感人的人物描寫，完整地呈現中華文明多元一體的特質。

毫無疑問，本名查良鏞的金庸，是近百年來最會說故事的中國作家之一，他用平易近人的語言，以中國歷史和傳統文化元素建構一個文學想像的世界。那個既真實又虛幻的「江湖」，無疑是近代中國的隱喻——他將中華文化的優點與缺點，深刻地呈現在讀者眼前，讓人反思和領會。同樣，金庸筆下的英雄人物，也非完人，他們經歷的苦難，除了因環境迫使外，也來自性格缺陷。郭靖的憨厚、楊過的狂狷、張無忌的寬仁、令狐沖的灑脫、喬峰的俠骨，也給他們的一生帶來各種挑戰和苦難。

除了文字外，由金庸作品改編的影視作品，自 1958 年 10 月 23 日首部改編電影《射鵰英雄傳》開始，至今電影逾 80 部，電視劇逾 90 部，而且繼續受歡迎。新一代有不少人是從影視媒介首次接觸到金庸的作品。

金庸不只是一位優秀的小說家，他更是一位富有社會責任感的報人，在 1959 年 5 月 20 日創辦的《明報》以及在 1960 年代相繼創刊的《明報月刊》、《明報周刊》等，至今仍然繼續出版，擁有大量讀者。晚年的金庸更遠赴英國劍橋大學，完成歷史碩士及博士學位。

比起以上成就，金庸投身電影圈的經歷一直沒有受到很大的關注，影評人石琪的評語是「電影方面無疑談不上突出的建樹」。多年來，最為人關注的反而是一個「八卦」傳聞——話說天才橫溢的才子金庸，為了能經常接觸長城電影製片有限公司（下稱「長城」）女演員、有「長城大公主」之稱的夏夢，因此不惜紆尊降貴，並改名「林歡」去電影公司當個小編劇。

但事實上，1952-1953 年間，查良鏞開始為長城編寫電影劇本時，還未曾以筆名「金庸」連載武俠小說，直到 1955 年 2 月，他因寫了《書劍恩仇錄》而一夜成名。查良鏞最初由於寫影評、影話和編劇接觸到長城的影人，當時並不是什麼大文豪。

多年來，「金庸疑似追求夏夢」的故事，成為茶餘飯後的談資，有作家更訪問了接近金庸的下屬和朋友，旁敲側擊，試圖探索金庸本人不輕易透露的感情世界。類似繪影繪聲的文字，多少妨礙了我們了解金庸在電影界發展的真實意義。

本書將討論到，金庸在電影圈的歲月對他小說創作帶來了哪些影響，以及意義何在？其中也會分析多部金庸編劇、導演的電影，以及初期根據他小說改編拍攝的粵語武俠片。非常幸運，部分電影最近重見天日，但仍有多部電影失傳，只能透過電影特刊等資料，對電影內容進行分析。

金庸編劇的電影有何特色？它們透露了哪些創作動機？另外，為什麼在金庸任職編導的長城，沒有把他的小說改編拍攝電影？為什麼金庸小說首度搬上銀幕，選擇了拍攝粵語片？

為了解答上述謎團，除了電影文本分析外，也需要向前追索到金庸少年成長的艱苦年代，從中找到蛛絲馬跡。

金庸的少年時代，正處於日軍侵華之際，成績優異的少年查良鏞，卻因直腸直肚，堅持己見，曾兩次被學校開除。1950年代初期，來港後的記者生涯雖然過得充實，但希望成為外交家的夢想卻成為泡影，接着首任妻子離他而去，父親在內地政治運動中被處決，在報社中想一展所長卻不甚如意。就是在這段時間，金庸開始醉心於電影和戲劇方面的研究，在 1953 年正式進入長城工作前，已在報章雜誌上發表影評、影話文章。1953 至 1960 年間，他以「林歡」為筆

「長城大公主」夏夢（1933-2016），原名楊濛，藝名取自莎翁名劇《仲夏夜之夢》。

長城公司偉大歷史宮闈故事祕史改編華裝古裝鉅片

絕代佳人

"PEERLESS BEAUTY"

製片人：袁仰安
編劇：林歡
導演：李萍倩
演員表
（出場序）

劇中人	飾演者
信陵君	平凡
朱亥	蘇泰
如姬	夏夢
魏王	姜明
賈臣	陳波
李賓	金沙
唐雎	李次玉
張	孫芝君
鄒	雷

長城電影製片有限公司 長城電影小說叢書

金庸以「林歡」為筆名，為長城電影製片有限公司寫了多個劇本，也與人合作導演了兩部電影。金庸為長城編寫的第一部電影劇本是《絕代佳人》（1953），上圖為該片特刊內頁，介紹主創人員時，把編劇林歡的名字排在製片人袁仰安之後，但卻在導演李萍倩之前。該片女主角是夏夢，飾演如姬一角。

來自越劇電影《王老虎搶親》（1961）的特刊，由胡小峰和林歡共同執導，夏夢反串飾演周文賓一角，造型俊俏倜儻。這也是金庸在長城拍攝的最後一部電影。無獨有偶，兩部電影的女主角都是夏夢。

名當上了長城編劇、電影歌曲的填詞人以及導演，成績不俗。

1955 年，金庸應《新晚報》主編羅孚的邀請寫武俠小說，一夜成名，與 1954 年開始寫武俠小說的梁羽生（也是金庸報社舊同事和圍棋棋友）被譽為新派武俠小說鼻祖。1958 年，他和梁羽生都把小說版權售予由林炎（即李化）和聞武（即邵柏年）所創辦、香港第一家專門拍攝武俠片的峨嵋影片公司。期間，兩位小說家都參與了製片工作會議。

1950 年代末，金庸開始籌備創辦《明報》，並繼續創作武俠小說，在 1960 年代中後期，他已完全離開電影圈，逐漸成為一位關注內地、香港和全球華人政治、經濟、社會發展的報人和企業家。

「小說家金庸」和「報業大亨金庸」的光環，掩蓋了他在電影圈的故事，幾乎被人遺忘。每當被人提到曾是一位電影編劇和導演時，金庸都謙虛地表示不值一提。但是，在某次「金學」研討會上，金庸也表示過，他若不寫小說，也不做新聞工作，那麼最想要當個電影導演。當年金庸曾參與製作的電影作品，雖然也有獲得獎項的《絕代佳人》，但大部分作品未能讓觀眾留下深刻印象，而 1950 年代首批金庸作品改編而成的黑白電影，已被 1970 年代以來多部製作認真的七彩影視作品所超越。

筆者嘗試透過搜羅及分析 1950 至 60 年代初「金庸電影歲月」的相關文獻和紙品藏品，包括非常珍罕的電影特刊、戲橋、劇照、報章宣傳廣告等，透過它們展現金庸在其電影歲月中所作出的重大貢獻，讓讀者更深入了解，金庸如何對香港及全球華人世界的流行文化發展產生深遠的影響。

電影作為一種來自西方的現代科技和跨文化產業，在早期荷李活電影締造的文化語言的基礎上，將一種資本主義產業和娛樂模式推向全球，在中國（尤其是上海）很快便流行起來，成為新式娛樂。像世界各國的電影人一樣，中國第一批電影導演、編劇和演員，都經歷了尋找自我定位的過程。在文化層面上，源於西方的電影想像世界，給不同文化背景的觀者帶來震撼，也給文化人提出了非常尖銳的問題：如何發展屬於自己民族的電影？

金庸參與電影工作的歲月，同樣進行相同的探索，讀者在本書中，不只接觸到金庸發展其電影事業的點滴故事，認識到他作為影評人、編劇、導演的成就，也會了解到，這段經歷對於他成為成功小說家和報人的重要啟迪。

透過這本書，筆者希望在文本分析、傳記書寫以及版本學研究以外，另闢蹊徑，針對金庸先生對香港及華文世界流行文化發展的貢獻，提出一些研究心得，主要透過展示及解說相關藏品，讓讀者認識到，金庸的電影歲月，並非一段乏善可陳的人生片段，反而是金庸建構他的小說世界及傳媒王國的重要奠基石，更加是金庸思考中華民族在現

代歷史進程中如何取得民族和文藝復興的探
索——由電影到小說，到報章雜誌，他建構
了一個既謳歌任俠精神，同時也頌揚家國情
懷的恢宏符號世界。

1958 年 7 月，兩大新派武俠小說
作家金庸和梁羽生皆有出席峨嵋影
片公司的製片工作會議暨公司成立
宴，與執導他們小說改編電影的導
演同席而坐，互相乾杯。上圖是金
庸（右）與《射鵰英雄傳》導演胡
鵬（左）；左圖是梁羽生（左）與《白
髮魔女傳》導演李化（右）。

第一章

一事能狂
便少年

倏然消逝的快樂童年

1924 年 3 月 10 日[1]，金庸出生在浙江省海寧縣袁花鎮寸鈎濱河畔赫山房，是當地望族。他 1948 年移居香港，成為名小說家、報業大亨，名利雙收，又得享高壽，表面上予人以「人生勝利組」的印象，但金庸的成長歲月卻是崎嶇滿途的。

金庸，是查良鏞（1924-2018）眾多筆名之一，於 1955 年 2 月 8 日首次用來寫武俠小說，[2] 在《新晚報》連載《書劍恩仇錄》，直到 1972 年 9 月 23 日在《明報》結束《鹿鼎記》的連載，總共寫了 15 部武俠小說，由於這些小說非常受歡迎，讓金庸這筆名也名揚香江、譽滿天下。後來他多次修訂其15 部小說，將報章雜誌上連載的文字，增潤修改，讓情節更合理，文字更通順，希望把作品優化。

然而，多年來也有不少讀者在公開場合要求他把初版本小說「原汁原味」地重新出版，讓一些在新修版消失了的人物和情節重現，但每次他總是加以拒絕。從生意的角度看，重刊這些早期文字，是穩賺的事情，但金庸另有考慮。

追求完美

每天連載的文字，雖然有大綱梗概作為藍圖，據此創作成為長篇故事，但情節發展和人物描寫，不可能無懈可擊，重新修訂，當然也是對讀者負責任的做法，體現藝術家一絲不苟的態度。

然而，持續多年反覆多次修訂，似乎也反映了作者對小說建構的世界，希望追求完美無瑕。直到最近，金庸版本學家才疏理出修訂的過程，開始了解金庸創作和修訂的目

---

1 金庸的出生日期另外有 1923 年 3 月 22 日（癸亥年二月初六）和 1924 年 2 月 6 日等說法，前者根據他親筆填寫的報社檔案及親戚口述資料，後者則來自他晚年親筆訂正的族譜小傳。本書暫時採用 3 月 10 日（甲子年二月初六）的說法。

2 在 1955 年 2 月 8 日之前，金庸甚少用「金庸」作為筆名，因此不少人認為那天是「金庸」品牌的「首發日」，但有學者已發現「金庸」這個筆名一早出現過。1953 年 6 月 18 日，金庸在《大公報》副刊《大公園》曾署名「金庸」（兩字直排，每字旁邊加了一點）發表文章〈羅森堡案驚人的原始證據 一張螺形腳桌子〉，是目前所知「金庸」一名最早出處。

神雕俠侶

金庸

第一集

香港 鄺拾記報局 發行

鄺拾記書局發行的金庸小說單行本，是作者把連載文字稍作修訂後重排的官方版本，但當時坊間充斥不少盜印本。這些看來不會再版的金庸早期版本小說，成為了收藏家趨之若鶩的珍稀藏品。

的——讓金庸筆下的世界在情節發展和人物關係上，渾然天成，不會出現不合理的地方。

多年來他的 15 部作品多次被拍成影視作品，金庸雖然不會干預製作過程，但不止一次，我們都聽到他對自己作品的一些情節和人物，如果被改得同原著版本相差太遠的話，都有點意見。

這是很有趣的現象，因為一般來說，小說被改編後，與原著不盡相同，也是常事，就算拍得很爛，也不會影響原著的地位，反而會引起觀眾感嘆改編過的影視作品，沒有原著那麼精彩。但金庸的反應是很特別的，雖然他也不至於對改編後的影視作品，皆批評一番，但對於某些導演、編劇和演員的演繹，他卻異常關心，甚至對他喜歡的演繹方式大加讚賞。在演員方面，他曾稱讚米雪扮演的黃蓉、鄭少秋扮演的陳家洛和張無忌、汪明荃扮演的霍青桐、陳玉蓮扮演的小龍女、周海媚扮演的周芷若等等。

當然，如果我們知道金庸曾經是影評人、編劇、導演的話，那麼可以解釋，他對某些影視作品不太滿意，或者非常讚賞，只是他從老本行影評人的角度，對這些影視作品進行評價罷了。

金庸堅持把小說多次修訂，多少讓人想到了清朝偉大小說家曹雪芹創作的《紅樓夢》，那部不朽名著，經歷「三易其稿、增刪五次」的過程，最後建構的文學世界，臻於完美。因此，金庸追求完美，也應視為是一位偉大作家嘗試將其作品修改得愈趨完美的行為。

從金庸成長的經歷看，追求完美也反映他對美好童年的嚮往。就是在那個最美好的年代，金庸開始接觸到中外最優秀的文學作品，12 歲那年已跟着母親一起看《紅樓夢》。

系出名門

金庸母親徐祿（1895-1938），來自非常富裕的名門望族，世代經營錢莊、綢莊等，也投資發電、電話、紡織等新興工業。她畢業於杭州女子學校，喜愛讀《紅樓夢》，也經常同女性親戚比賽背誦《紅樓夢》中的詩詞，作為消遣遊戲。

金庸接受的正規教育主要是西式的，家裏文化氛圍因此集合了傳統與現代的元素。也是在 12 歲那年的聖誕節，父親查懋忠（1897-1951，字樹勳，號樞卿）就送了他一本英國大文豪狄更斯（Charles Dickens，1812-1870）的小說 *A Christmas Carol*（1843 年 12 月 19 日初版）的中譯本《聖誕述異》，講述一名年老的守財奴史古魯奇（Ebenezer Scrooge，也譯作史古基等）遇到前生意拍檔的鬼魂，在對話中對以往所作所為進行反省的故事。

小學至初中期間，品學兼優的少年金庸享受着溫暖富裕的童年生活，但安逸愉快的生活不久就發生了巨大變化，日本侵華如夢魘般把他拉進痛苦深淵，但也養成了他特立獨行、屢敗屢戰、不屈不撓的性格。

兩本介紹《射鵰英雄傳》電視劇的刊物。1976年由佳藝電視
製作的《射鵰英雄傳》，是金庸武俠小說首次被拍成電視劇，
女主角由米雪飾演，是第一代螢光幕上的「俏黃蓉」，當年
突破百萬觀眾收看，創造電視業奇蹟。《射鵰》電視劇拍攝
期間，金庸曾往探班，並贈送了一套簽名小說給米雪。

這本《倚天屠龍記》電視特刊來自新加坡。1978 年由香港電視廣播有限公司（TVB）製作的《倚天屠龍記》電視劇，後來由新加坡電視台配上「華語」播放。當時新加坡電視台為響應李光耀總理推行的講華語運動，決定停止方言節目的播出，於是將《倚天》這部劇集配以普通話對白。

電視劇《倚天屠龍記》中飾演張無忌和趙明的鄭少秋（圖右）和汪明荃（圖左），在 1999 年春天，都獲金庸贈送墨寶，分別寫上「螢屏俠士 颯颯英風 家洛無忌 入人夢中 少秋先生 惠存 金庸 己卯春」和「演我說部 螢幕真真 俠女無雙 長在人心 明荃小姐 留念 金庸 己卯春」。

無線電視播放的首三部金庸電視劇，分別是《書劍恩仇錄》（1976）、《倚天屠龍記》（1978）和《天龍八部》（1982），前兩部 TVB 皆沒有出版電視劇集特刊，至 1982 年製作《天龍八部》時，才首次出版「官方」特刊。

1931 年 11 月 19 日，母親堂兄徐申如的兒子，中國現代詩人徐志摩（1897-1931）墜機身亡，英年早逝。徐家在家裏舉行喪禮，當時只有七、八歲的金庸，代父親弔喪。對於素未謀面的表哥徐志摩，他的印象不太深，只和表哥的兒子有往來交朋友。

但一位親戚的死亡，好像預視着更多生離死別的到來⋯⋯

戰爭洗禮

六年後的 1937 年，金庸 13 歲，日軍全面侵略中國，浙江杭州、嘉興、西湖等地區相繼淪陷。11 月上旬，日軍登陸杭州灣，嘉興危在旦夕，金庸就讀的省立嘉興初級中學也受到影響，被迫遷徙校舍，師生踏上逃難之路。

12 月底，金庸家鄉海寧也淪陷，查家住宅被燒毀，經營的錢莊被炸毀，家裏傭人四散，查家逃難期間，母親得了急性菌痢，1938 年 8 月 10 日，不幸病逝於餘姚庵東鎮。

這些戰亂的日子，在戰後香港歌舞昇平的歲月，似乎不再被人提及，但卻是隱藏在「港漂」金庸心裏，最難以忘懷的事情。

我們在接下來的章節中，會逐步揭開這些記憶片段，它們在金庸創造的「江湖」中不斷湧現：派別紛爭、漢奸作惡、殺戮無辜、落難公子、艱苦成長、國破家亡、恩怨情仇、公子復仇、家國情懷等元素，都是來自這段成長經歷。

多年後，在一個太平盛世的年代，81

歲的金庸遠赴表哥徐志摩的母校劍橋大學，尋找這位短命詩人在他鄉的足跡。

1921-1922 年間，徐志摩在劍橋大學唸書，當時邂逅並追求 16 歲才女林徽因（本名林徽音，1904-1955）。林於 1928 年決定嫁給著名建築學家梁思成（1901-1972），也是近代大文豪梁啟超（1873-1929）的兒子。徐志摩本人又是梁啟超的得意門生。世事就是如此巧合。1928 年徐志摩歐遊散心，回到劍橋（也譯作「康橋」），感觸良多，11 月在回程途中，寫下了那首永恆不朽的新詩〈再別康橋〉，為自己的青春寫下輓歌，最後四句大家都熟悉：

悄悄的我走了，
正如我悄悄的來；
我揮一揮衣袖，
不帶走一片雲彩。

2005 年 6 月 22 日，金庸獲劍橋大學頒發榮譽文學博士名銜。同年 10 月，更開始在那裏攻讀歷史學碩士，翌年 12 月完成碩文論文。其後繼續攻讀博士學位，並於 2010 年 9 月 10 日，86 歲那年獲頒發榮譽院士證書及哲學博士學位，以英語寫成的博士論文題為 *Imperial Succession in Tang China, 618-712*，即《唐代盛世皇位繼承制度（618-712）》。

在這些榮耀的背後，有不少不堪回首的故事。

任俠少年路崎嶇

成長故事

不難發現，金庸最初那幾部小說的「男一」——《射鵰英雄傳》的郭靖、《碧血劍》的袁承志、《神鵰俠侶》的楊過、《倚天屠龍記》的張無忌、《雪山飛狐》的胡斐等——往往是一位幼失怙恃的落難公子，他們是武林高手的兒子或者是忠良之後，在他們的成長階段，孤身闖蕩江湖，歷盡多番磨難，受到歧視，卻因肩負報血海深仇和守護家國的責任，必須克服各種挑戰，他們闖蕩大江南北，四處遊歷，眼界大開，又幸運地遇到美麗善解人意的紅顏知己，良師益友，讓他們孤單的心靈獲得溫暖。他們不畏艱辛，心靈始終保持任俠精神，好打不平，除暴安良，最終遇到名師指導，或發現武林秘笈，學得一身好武功，為父報仇，為國效勞，甚至犧牲。

1937 年 11 至 12 月間，日軍全面侵略中國，進犯江南地區，十三歲的金庸被迫跟隨嘉興中學師生 200 餘人，每天徒步數十里路逃離戰區。12 月，查家住宅和店舖也被日軍燒毀，家人逃難南下。1938 年 1 月，師生抵達麗水縣碧湖鎮，金庸與部分同學加入青年訓練團，同年 8 月母親病逝。同月，嘉興中學與其他六所流亡至碧湖鎮的公立學校合併，成為省立臨時聯合中學。9 月份開學時，金庸升上初三，同班同學包括沈寶新，後來在 1959 年與金庸共同創辦《明報》。

面對國破家亡，母親和最親愛的弟弟在戰爭中死亡，金庸本人也曾患上瘧疾，差點送了性命，還好獲同學沈德緒日夜陪伴照料，病情才好轉。金庸在初中這段時間，正規教育一度中斷，但他從沒有氣餒，多年後他回憶這段日子：

不過戰爭也給了我一些有益的磨練。我此後一生從來不害怕吃苦。戰時吃不飽飯、又生重病幾乎要死，這樣的困苦都經歷過了，以後還有什麼更可怕的事呢？

打抱不平

1939 年 8 月，發奮讀書的金庸，以全

表 1　1950 至 60 年代飾演金庸小說改編粵語片「男一」角色的演員

首映年份	片名	「男一」角色	飾演的童星	飾演的成年演員
1958 1959	射鵰英雄傳 射鵰英雄傳（二集）	郭靖	王愛明 （1951 年出生） （反串）	曹達華 （1915-2007）
1958 1959	碧血劍（上集） 碧血劍（下集）	袁承志	陳碩修（即石修） （1947 年出生）	曹達華
1960 1960 1960	書劍恩仇錄（上集） 書劍恩仇錄（下集） 書劍恩仇錄（大結局）	陳家洛	——	張瑛 （1919-1984）
1960 1960 1961 1961	神鵰俠侶 神鵰俠侶（下集大結局） 神鵰俠侶（三集） 神鵰俠侶（四集）	楊過	黎小田 （1946-2019）	謝賢 （1936 年出生）
1961 1961	鴛鴦刀（上集） 鴛鴦刀（大結局）	袁冠南	——	周驄 （1932 年出生）
1963 1963	倚天屠龍記（上集） 倚天屠龍記（下集）	張無忌	梁家寶 （出生年份不詳） （反串）	——
1964 1964	雪山飛狐（上集） 雪山飛狐（大結局）	胡斐	——	江漢 （1939-2017）
1965 1965	倚天屠龍記（三集） 倚天屠龍記（四集大結局）	張無忌	——	林家聲 （1933-2015）

校第二名成績升上新改組的省立聯合高中，同年 12 月，以本名查良鏞，與同學張鳳來和馬胡鑾共同編著《獻給投考初中者》，即香港人稱作「雞精書」的升學應試指南，1940 年 5 月出版，浙江印刷廠承印，總售處為麗水碧湖三友社和麗水中正街會文書局。

《獻給投考初中者》是金庸出版的第一本書，問世一年已印行 20 次，銷量 20 萬冊，帶來可觀的版稅收入，讓他可以在較寬裕的經濟條件下繼續升學，也是他首次涉足暢銷書市場的嘗試。

該書分為三大部分：算術、常識（再細分為公民、歷史、地理、理化、自然現象和生物）及國文，另外「附錄」有一篇〈怎樣應付考試〉的文章。據稱該書參考了 1929

1958 年 12 月 3 日首映的《碧血劍（上集）》，幼年袁承志一角由陳碩修（即石修）飾演，雖然戲份不多，但已顯露成熟的演技。圖為石修舞動雙刀的劇照。石修於八歲已由從事編劇及製片工作的父親陳直康帶入行，其後加入電視台工作，曾飾演金庸電視劇《天龍八部》中風流倜儻但為了復國而不擇手段的慕容復一角，令觀眾印象深刻。

1960 年《神鵰俠侶》電影劇照。電影中的童年楊過和陸無雙分別由黎小田（左一）和王愛明（左二）飾演。另外，劇照中可以見到飾演郭靖的林蛟（右二）和飾演李莫愁的梁素琴（右一）。早在 1958 年，王愛明已反串飾演童年郭靖，成為第一位參演金庸改編武俠電影的童星。1983 年，王愛明在無線電視劇《神鵰俠侶》中飾演陸無雙的表姐程英，也是東邪黃藥師的關門弟子。

年以後出版的小學升學指導書 70 多種以及 100 多冊教科書，然後搜羅多個省份的歷年考試題目 424 份，進行系統性分析和整合後，將出現頻率最高的題目刊登出來。金庸年紀輕輕已掌握大數據分析竅門，無怪乎該書受到熱捧。

1940 年上半年，正在忙於出版工作的金庸，也留意到經常欺壓學生的訓導主任沈乃昌的惡行。有同學在休息時間下圍棋也被禁止，圍棋被沒收；有男女同學比較親密來往，也不是拍拖，卻遭開除。他為同學打抱不平，在壁報板上刊登了一篇諷刺文字〈阿麗絲漫遊記〉，講述阿麗絲來到聯合高中，驚覺校園中有一條眼鏡蛇，四處威嚇學生，明眼人一看就知道是在影射戴眼鏡的訓育主任。一篇遊戲文章，卻惹來被開除的嚴重後果。在 1990 年代中後期與日本創價學會榮譽會長池田大作的對話中，金庸回憶當日情況，承認「那是生死繫於一線的大難」。（《探求一個燦爛的世紀》，頁 143）幸得校長張印通從中調停，將「開除」改為「退學」。

當時的學生都靠學校供應住宿和膳食，如果被開除，對於沒有經濟來源的學生，不是單純沒有書讀，而是面臨失去居所和食物，在戰爭時期可以是生死攸關的事情。

1940 年 7 月，在校長張印通和舊同學余兆文的協助下，金庸成功轉校，在浙東衢州石梁鎮下靜岩村的衢州中學繼續讀書，不久又被選為班長。多年後，他的同學王浩然回憶道：

這少年，中等身材，天庭飽滿，方臉寬嘴，戴一副銀邊眼鏡，左肩掛大行囊，右腋夾一包書，雙手捧的卻是黑白分明的兩盒圍棋，這點愛好總如影隨形跟着他。金庸的為人處世也很可稱道，內斂、穩重、正派、儒雅，轉學不久，就被選為一班之長。金庸也是一名體育運動愛好者，籃球、排球、跑步、游泳等都很投入。

少年時代的金庸絕不是文弱書生，他喜歡打排球，在校運會上，連續兩年在「高中男生武裝負重賽跑」項目奪冠，可見其體能之佳。

一位好友

但對於這位任俠少年，雖有驕人的成績和強健的體魄，但無論多麼想報效國家，都不能改變戰爭的殘酷。在衢州的兩年中，幾乎每天都聽到日本飛機的炸彈聲。1941 年 5 月中旬，日軍又在浙東用飛機散播鼠疫細菌，人口十萬的衢州更成為攻擊目標，爆發嚴重鼠疫，每天數以百計的人染疫死亡。

金庸同班同學中，有一位好友毛良楷，他是體育健將，某夜凌晨兩點多鐘忽然在床上呻吟起來，原來不幸染上鼠疫。

消息傳出後全校震動，所有師生和校工逃離學校，只剩下班主任姜子瑛老師、班長金庸和幾個學生留下來處理。姜老師出重金僱了農民抬毛良楷進城。那個一生難忘的

夜晚，少年金庸、姜老師及兩位同學提着燈籠，緊跟在運送毛同學的擔架背後，每踏上一步都讓金庸心中感到異常害怕和難過。

毛良楷已神智不清，聽到山道旁樹林中貓頭鷹的啼叫，問人是不是鬼叫聲，更不斷叫喚：「我不要死，我不要死，我要騎馬」，最終沒有回到家已經斷氣死去。

金庸回到學校，兩位死黨同學江文煥和王浩然仍然在等他，接着他們逃到文煥深山中的家裏。

1941 年 9 月，金庸升讀高三，在開學前寫了篇文章，用冷靜理性的語言，講述自己認識的「一位好友」去年被訓育主任訓斥的經歷：

他被訓育主任叫到房間裏去，大大的教訓了一頓。訓到末了，訓育主任對他說：「你真是狂得可以！」

這位「好友」是誰，呼之欲出。多年之後，金庸曾給自己改了一個筆名叫「姚馥蘭」，即英語 your friend（你的朋友）的音譯，用作影評之用。「朋友」即「我」，「我」也是「朋友」，大家恍然大悟。

文章繼而引述古今中外例子，對「好友」的「狂」，加以辯護：

我們不需要溫德莎公爵、安東尼底「不愛江山愛美人」的狂，拿破崙、希特勒底征服全世界的狂，因為這種狂氣發洩的後果，小則使世界動盪不安，大則將使人類受到禍害。

我們要求許許多多的，像法國大革命時代一般志士追求自由的狂；馬志尼、加富爾的復興民族的狂，以及無數的科學家，藝術家，探險家的對於真理，對於藝術，對於事業的熱狂。

文章題為〈一事能狂便少年〉，署名「查理」，於 1941 年 9 月 4 日刊登在江、浙、閩一帶的大報《東南日報》副刊《筆壘》第 874 期上，是金庸第一篇以個人名義公開發表的文章。文章受到《筆壘》版編輯陳向平的激賞，在衢州出差期間，特意走進位於鄉間的學校拜訪金庸，這才發現這篇文情並茂佳作的作者，原來只是一位十七、八歲的中學生。

文章題目「一事能狂便少年」，來自海寧同鄉國學大師王國維（1877-1927）的一首詩：

〈曉步〉
興來隨意步南軒，
夾道垂楊相帶妍。
萬木沉酣新雨後，
百昌甦醒曉風前。
四時可愛唯春日，
一事能狂便少年。
我與野鷗申後約，
不辭旦日冒寒煙。

同年 11 月 15 日，衢州中學學生自治會就某學校事務員貪污問題召開會議，要求學校查辦，但遭訓育主任楊筠青阻止，引發衝突。楊事後宣佈開除八名涉事學生，包括金庸的死黨江文煥，導致爆發學潮。金庸也因為參與學潮而被列入「過激學生」名單。

1942 年 5 月，衢州成為日軍攻擊目標，衢州中學遷往山區，金庸就讀的畢業班也提前畢業。那年夏天，金庸與江文煥、王浩然、黃文俊、吳汝榕、江文煥女友程正迦、程正返（正迦妹妹）、朱卿雲（正迦表姐妹），五男三女八人結伴西逃，準備在大後方投考大學，但沿途遭日本飛機轟炸，遍地死屍，走到浙贛邊境時，遇到一個四、五歲的孩子，呆坐在路邊，正撫摸着被炸死的媽媽。他們自顧不暇，只好給孩子幾個燒餅，離開那孩子後繼續前行，三位女同學已淚流滿面。

骷髏山丘

到達江西廣昌，八人住在區公所，牆壁上掛着兩幅照片，照片中幾千個骷髏堆成的山丘。每個骷髏頭的三個大孔，露出詭異的神情，照片的說明文字寫着，這些某某黨殘殺的良民。過幾天他們抵達寧都，又再見到一張類似的照片。再問當地居民，有人指出，這些人有死在這個黨手上的，也有死在那個黨手上的。戰爭的殘酷，讓人不寒

而慄。

多年後，金庸經常會在惡夢中見到這些骷髏山。骷髏的形象，在金庸的小說中經常出現，當然並非無因。

根據近年牛阿曾等人的考證，1942 年 5、6 月間，金庸和同學的西行之旅，未曾抵達重慶前已分道揚鑣。同學先去重慶，而金庸則與另一位同學余兆文往湘西的「湖光農場」工作了大半年，農場主人是另一位同學王鐸安的兄長王鎧，農場種植桐樹，用以製造桐油。時間是 1942 年冬直到 1943 年的夏天。那段經歷後來在他六部武俠小說中都以不同形式重現，包括小說所描繪的湘西風光、鐵掌峰、青龍灘、湘西土音和民歌等等。

1943 年夏天，金庸離開湘西，赴重慶參加高考。金庸、江文煥和王浩然這三位死黨都考上了西南聯大外文系，江文煥隨後到昆明讀聯大。金庸和王浩然另外又考上了位於重慶的中央政治學校，因為不用繳交學費和膳食費，所以都選擇到那裏唸書。金庸英語水平了得，考進了外交系，開始萌生成為外交家的想法。

江文煥畢業後和程正迦結婚，可惜婚後不久江就被國民黨特務活埋，而王浩然和金庸的父親，又在建國後的政治運動中被處決。這些往事，讓金庸感到無限唏噓，但也是近代中國歷史的縮影。

《射鵰英雄傳》中，梅超風為了練就九陰白骨爪，需要使用大量骷髏，在練功地方堆積如山，讓人不寒而慄。圖為 1960 年代香港出版的《射鵰》公仔書的兩個相關封面。

陪伴一生的嗜好

金庸中學同學余兆文，多年後寫了篇短文〈憶金庸的愛好〉，提及金庸對下圍棋、讀書和看電影的熱愛，這些記憶片段，勾勒出金庸對這些嗜好的投入，充滿了熱情和喜悅，而且一旦投入，則終生未曾放棄，不是三分鐘熱度，而涉獵面更是深而廣。從另外一個角度看，金庸對他的嗜好縱然投入，但從不沉迷，常常會廢寢忘餐地下棋、讀書和看電影，但不因嗜好而逃避現實。相反，它們成為他結識朋友、分析時局和思考民族興衰的鑰匙。

下棋

先談談金庸對圍棋的愛好——余兆文記得，即使金庸在高一那年因批評訓育主任被「開除」幾乎失學而狼狽不堪，但仍然心繫圍棋（當然，說到底，寫批評文章的其中一個導火線，也就是因為金庸看到訓育主任無故沒收同學圍棋而引發的）。

在麗水碧湖唸聯合中學的年代，余兆文曾是金庸初中三年級的同班同學。成績優異

的金庸，順利升上高中部，余則往衢州中學繼續升學，大家分開了，但命運又安排他們相聚。高中一年級時，金庸因批評訓育主任被迫離開，校長張印通安排他往衢州中學繼續升學，那時是暑假期間，舊同學余兆文剛患病住在金華一所醫院，金庸往金華探病，余得知只是氣管炎沒有大礙，兩人就收拾行李離開金華，坐火車到衢州。

到達衢州城時，兩人吃過午飯後，身上現金所剩無幾，只有八塊多錢，金庸一時心血來潮，到文具店買了一副六塊多的圍棋，明天不吃飯又如何？

步行十多里路，到了位於鄉郊的衢州中學所在地靜岩村，兩人已經沒有現金，賒賬租賃了頗有田園風味的小房子，又有專門為學校包伙食的餐廳提供三餐，總算安頓了下來，而金庸也不急於為插班考試複習（其實他成績超班，相信不用複習也可以通過），第一時間是教余兆文如何下圍棋，要他記住「金角」、「銀邊」、「草肚皮」等概念，同時強調要搶佔棋盤四個角。

沒多久，在金庸的推動下，衢州中學學

生的課外活動重點，從籃球轉移到圍棋，金庸帶出了一批圍棋徒弟，每天下課後宿舍成為業餘棋院。

衢州中學新認識的死黨之一王浩然也記得清楚，第一次見到插班生金庸，對方「雙手捧的卻是黑白分明的兩盒圍棋，這點愛好總如影隨形跟着他。」

1948 年 3 月，金庸被派往香港《大公報》工作。1950 年陳文統投考該報翻譯一職，經金庸主考英文，正式入職。二人同齡，都是武俠小說迷，經常談論小說，又是圍棋發燒友，互相切磋棋藝，成為摯友。1954 年和 1955 年，二人又在《大公報》的子報《新晚報》分別以梁羽生和金庸作為筆名，開始寫武俠小說，結果一炮而紅。

下棋人哪能沒有勝負之心？金庸也了然於胸，2009 年梁羽生離世後，透露當年兩位新派武俠小說大師，經常被人比較，往往評價是金庸勝一籌，也導致梁羽生耿耿於懷。不過金庸也承認，梁羽生的中文確實比他好，他寫了一副輓聯：

痛悼梁羽生兄逝世
同行同事同年　大先輩
亦狂亦俠亦文　好朋友
　　　　自愧不如者
　　　同年弟金庸敬輓

1978 年內地推行改革開放政策，積極與香港各界菁英接觸，進行交流。1981 年

7 月，金庸應鄧小平的邀請訪問內地，其小說也正式引進內地，同月在內地創刊的《武林》雜誌，是第一個正式授權刊登金庸武俠小說的內地刊物，首篇是《射鵰英雄傳》。

那年金庸回到家鄉時，余兆文問他是不是已經沒有下圍棋了，金庸當時很自豪地表示，他已是圍棋業餘六段了。

1980 年代初，我國圍棋手聶衛平在中日圍棋擂台賽首四屆中獲得 11 連勝，被官方正式授予「棋聖」銜頭，在來港訪問期間，受邀在金庸府上作客，在金庸誠意打動下，接受金庸拜師。

國際關係經常用「博弈」一詞，外交家維護國家利益，對國際局勢的掌握，不是也如觀察一盤棋嗎？

1943 年夏末秋初，少年金庸成功獲中央政治學校外交系收錄，棋藝逐漸精湛，外文基礎了得，距離成為職業外交家的夢想，又近了一步。

觀影

余兆文在文章中也談到金庸於 1943 年夏末秋初，準備入大學前的觀影經歷。

那時候在重慶，放映不少西片，尤其是荷里活的經典電影，播映時會提供簡單的字幕，不會逐句翻譯。金庸與余兆文第一次上電影院看西片時，即對影院裏觀眾的英語水平大加稱讚，原來在聽到某些對話時，雖然沒有字幕的協助，但席間聽得明白的觀眾為

1981 年 7 月《武林》雜誌創刊號封面。創刊號連載《射鵰英雄傳》，也用漫畫
形式介紹李小龍的一生。

數不少，當出現引人發噱的對白時，都會引來觀眾陣陣笑聲。

有一次，金庸主動邀請余兆文看卡通片《白雪公主》，他告訴余，那是美國卡通大王和路迪士尼出品的得獎電影，果然很精彩。美國動畫電影《白雪公主》（*Snow White and the Seven Dwarfs*）1937 年首映，1938 年已在香港上映，也譯作《雪姑七友傳》或《雪姑七友》。1952 年 8 月 2 日，該片在香港皇后及平安戲院重映。金庸當時以姚馥蘭為筆名，在《新晚報》幾乎每天或隔天發表影話，在 8 月 4 日和 8 月 5 分別刊登了兩篇《雪姑七友傳》的觀後影話。

與 1943 年秋天第一次觀看，事隔九年，時移勢易，觀點與角度也不同了，一方面對《雪姑七友》的票房成績、音樂和剪輯技術仍然稱許，但影評中對迪士尼作品反映 1930 年代資本主義社會遭遇經濟大恐慌後大眾在卡通中逃避現實的本質、把真實人物加入卡通中的技術失誤，以及作為資本家的迪士尼的各種吝惜惡行，都有所保留。

最有趣的一次經歷，原來是為了看《羅賓漢》，即美國華納公司 1938 年出品的電影 *The Adventures of Robin Hood*，香港譯作《俠盜羅賓漢》，同樣在 1938 年上映，電影採用當時最先進的「特藝七彩」技術，畫面鮮艷奪目，劇情緊張刺激，男女主角分別是俊男美女，愛路扶連（Errol Flynn）和夏慧蘭（Olivia de Havilland），電影在美國和全球大賣。該片 1943 年在重慶放映時，金庸特意同余兆文解釋，羅賓漢的俠義事跡，好比我國《水滸傳》中的武松，兩人非常期待。

誰知道趕到電影院時，發現售票窗口前擠滿了人，也不是平日那般井然有序地排隊購票，而是一窩蜂地搶購，四周人頭湧湧，黑壓壓一片，看來要購得兩張戲票並非易事。

金庸不知哪裏來的蠻勁，奮不顧身就衝入人群，過了沒有一個小時也有半個小時，終於見到金庸從人群中冒出頭來，他一手護着眼鏡，另一隻手捏着兩張電影票，已經滿頭大汗，氣喘吁吁。

這段金庸購票經歷，多少反映了青年時期的他對電影的着迷。五年後金庸加入港版《大公報》，寫了篇〈來港前後〉的文章，當時他亦表示，「平生除看電影外無嗜好」。

1956 年 1 月 12 日，《俠盜羅賓漢》在香港皇后及平安戲院重映，同月 14 日，金庸署名姚嘉衣在《大公報》副刊《大公園》設立「影談」專欄，發表評論文章〈幫助國王的俠盜──談《俠盜羅賓漢》〉，這次對電影的評價已有點保留，認為電影沒有強調民間傳說中羅賓漢為民請命的主題，反而是根據後來改編的版本，過於注重勤王部分，所以雖然電影故事情節扣人心弦，主角演技一流，但他會打個折扣。

1952 年皇后戲院印刷的戲橋，印有《雪姑七友傳》英文廣告，經歷 70 多年的一張宣傳品，能夠保存下來，非常難得。

1952 年，皇后戲院重映《雪姑七友傳》，特意製作「不日放映」的中文廣告。

讀書

比起下棋和看電影，讀書毫無疑問是金庸最大的嗜好。年紀輕輕，已養成閱讀大量書籍的習慣，讀得多、讀得快，如鯨吞，同時也讀得深入。他自小天資聰敏，書本內容消化後，便能融會貫通，每本書的重點皆了然於胸，過目不忘。從他舊同學口中得知，他上課時不用抄筆記，老師講的重點他記得清楚，下課後會大量閱讀老師建議的參考書，知識淵博，考試都得高分。

金庸雖然是個書癡，但他也重視致用，並非純粹為了娛樂。這點與他父兄很不一樣。日本侵略中國前，查家擁有 3,600 多畝田產（其中 2,000 多畝屬於查氏義莊的公田，查氏兄弟實際上只擁有 300 畝左右）並經營錢莊、米行、醬園店等，是大家族，子弟都接受最好的教育。金庸父親查懋忠畢業於上海震旦大學、雖然做生意，但事實上不善經營。金庸接受訪問時曾直言不諱，小時候已覺得父親「沒用」，帶着他去收欠款，誰知談了幾句後就搞到不好意思向人追討。他父親更喜歡沉醉於小說的世界——喜歡閱讀張恨水鴛鴦蝴蝶派小說，以及各類武俠小說。而金庸的兄長查良鏗（1916-？）也是一名書癡，他在上海念大學，學習古典文學和新文學，包括茅盾、魯迅、巴金、老舍等作家的作品，皆有所涉獵，也試過買書錢過多，連飯錢也不夠的情況，因此受到金庸父親的責備。

金庸本人受到父兄影響，也喜讀小說，尤其鍾情武俠小說和歷史讀物。他曾向人表示，中國有史以來的武俠小說，比較優秀的作品他都讀過，相信一點兒沒有誇張。也就是說，《新晚報》總編輯羅孚（1921-2014）於 1955 年叫他執筆寫武俠小說時，真是找對了人選。

1944 年夏天，金庸完成了中央政治學校第一年課程，總成績全校第一。秋天，剛升上大二，卻遭遇到人生中第二次被學校「開除」的經歷。

當時中央政治學校有部分學生屬於國民黨派出來的職業學生，他們橫蠻跋扈，對不聽命令的學生都採取毆打等手段加以懲罰，那時候學校進行募兵，職業學生中有人毆打不願報名參軍的學生，引起金庸的反感，於是向學校投訴，誰知卻遭學校開除。

不久前才以第一名成績升上大二的金庸，在俠義之心驅使下，打抱不平，向校方投訴職業學生的劣行，卻被勒令退學。如此大的反差，可以想像得到他是如何的失望！

這次，金庸又遇到貴人，或許塞翁失馬，焉知非福。由於表兄蔣復聰是中央圖書館館長，很容易便安排了一份閒職給他，在圖書館閱覽組掛個職位，大部分時間卻在讀書，飽覽西方文學名著的英文和法文原文版本，尤其是《撒克遜劫後英雄略》（*Ivanhoe: A Romance*）、《俠隱記》（又名《三個火槍手》、《三劍客》等）（*Les Trois Mousquetaires / The Three Musketeers*）、《基度山恩仇記》（*Le*

Comte de Monte-Cristo / The Count of Monte Cristo）等。

金庸在圖書館的日子，讓人聯想到小說《天龍八部》中一個有趣的情節——在少林寺藏經閣中，一名沒有人注意到的掃地僧人，無論在武功或是佛法修為上，皆超出武林名家和得道高僧，他才是頂尖高手！構思這段情節，相信同金庸這次在圖書館「打雜」的經歷不無關係。

另外，在《天龍八部》之前，已在小說《神鵰俠侶》尾段出現藏經閣僧人覺遠一角。他的徒弟張君寶被冤枉偷學武功，必遭重罰，覺遠唯有帶他逃離少林寺，在他臨終前卻把無意中學會的《九陽真經》口訣背誦出來，被無色禪師、張君寶（即後來的張三丰）和郭襄（郭靖小女兒）三人聽到，各有體會，三人分別發展出少林、武當和峨嵋派的九陽功，各人都成為一代宗師。

張君寶被少林寺逐出師門，自創武當，相信這種要「爭氣」的想法，不只一次在金庸腦海中略過。

武俠小說情節即使再荒誕不經，在現實中，也不是沒有所本。

22 歲前的金庸

讀過什麼書？

7 歲——《兒童畫報》、《小朋友》、《小學生》等書刊。

8 歲——第一次接觸武俠小說，閱讀《荒江女俠》；《紅玫瑰》、《偵探世界》雜誌上讀到《江湖奇俠傳》、《近代俠義英雄傳》等。

10 歲——「小朋友文庫」、新文藝作品等。

小學時代——鄒韜奮的《萍蹤寄語》、《萍蹤憶語》及其所主編的新、舊《生活周報》；約1936 年，小學傅老師借出海寧人鄭曉滄翻譯的《小婦人》、《好妻子》、《小男兒》給金庸閱讀；從小聽祖母查黃氏誦念《般若波羅蜜多心經》、《金剛經》和《妙法蓮華經》等佛經。

12 歲初中——父親贈送狄更斯的《聖誕述異》、曹雪芹的《紅樓夢》等。

少年時代——最愛讀的三部書是《水滸傳》、《三國演義》以及法國大仲馬的《俠隱記》（又名《三個火槍手》）（包括續集《續俠隱記》）；法國小說《十五小豪傑》（包天笑翻譯）；1938 年安子介翻譯的《陸沉》等。

13 歲——初中一年級時，將學校圖書館中三分之一的藏書讀完。

14 歲——《魯賓孫漂流記》等。

15 歲——《虯髯客傳》等。

16-17 歲——在衢州中學的校園圖書館，借閱了不少書籍，特別是「萬有文庫」中的古今中外名著。閱讀金華出版的《東南日報》（包括副刊《筆壘》）及《大公報》桂林版（包括《大公園》副刊）。

20 歲——在重慶中央圖書館閱覽組任職，閱讀大量西方文學作品，包括英文原著《撒克遜劫後英雄略》、《俠隱記》、《基度山恩仇記》等。

22 歲——離開「湖光農場」返鄉途中，在上海買到英國歷史學家湯恩比（Arnold Joseph Toynbee, 1889-1975）的英文巨著《歷史研究》（*A Study of History*）的前幾卷。該系列共 12 本，由 1934 年到 1961 年才全部出版完畢。

立志投身報業

《太平洋雜誌》

金庸在圖書館待了一段時間，1945年4月19日才離職。哪些書刊比較受歡迎，當然了然於胸。在美國《大西洋月刊》（*The Atlantic Monthly*）（後改名為 *The Atlantic*《大西洋》雜誌）、《時與潮》等雜誌的啟發下，他決定與幾位舊同學一起創辦綜合性月刊《太平洋雜誌》，於1945年2月20日創刊，那時他還未滿21歲。

雜誌邀稿文字提到，「本刊為綜合性，內容不拘，凡時事、學術、文藝、趣味的創作，翻譯、節譯等，均有所拜嘉。」從第一期的13篇文章看，除了第一篇署名「查理」的「發刊詞」、第十篇「查理」寫的《如花年華》小說連載和第十三篇「篇後記」，其餘文章都是翻譯作品，篇名如下：〈齊格斯防線大戰記〉、〈愛〉、〈義大利投降內幕〉、〈飛彈之謎〉、〈審美與性愛〉、〈關於愛因斯坦〉、〈少年彼得的煩惱〉、〈最近的諾貝爾獎金獲得者〉、〈安娜與暹羅王〉及〈數學與和平〉。

從篇名可窺見，當時金庸最專注於西方局勢和文化，雜誌沒有任何中國傳統文化或內地形勢的報道。

而這本雜誌的宗旨，在「發刊詞」的第一句已說得清楚：

一本理想的綜合刊物應該能傳授廣博的智識，報道正確的消息，培養人們高尚的藝術興趣與豐富的幽默感。

此外，雜誌在封底預告將會出版兩種作品。一種是俞楊等選編的《二十世紀英文選》，另外一種則是《基度山伯爵（全譯本）》，大仲馬原著，查良鏞翻譯，並聲稱「本書第一冊在印刷中」。

以上文章，很大機會只是由金庸及一兩位舊同學翻譯編輯而成，可見此刻金庸主要從事的工作，是透過翻譯，將國際時事、西方文化及觀念，介紹給中國讀者，讓他們拓寬視野和提升文化修養。

可惜因為資金不足，雜誌只維持了一期，小說《如花年華》是否已完成，無從稽

考，而那本聲稱印刷中的《基度山伯爵》全譯本，也不知所終。

1945 年 5 月，出版計劃受挫後不久，金庸受「湖光農場」主人的邀請，決定與舊同學余兆文往湘西經營種植桐樹，因為農場主人答應金庸，如果農場賺到錢，可以在經濟上支助他留學。對於失學的金庸，這是一個千載難逢的機會。

當年 8 月 15 日，日本無條件投降，那時金庸仍然在湘西的農場，直到 1946 年 7 月，留學的事情已經不了了之，他這才離開農場，返回浙江的家鄉與家人團聚。晚年的金庸遠赴英國劍橋深造，也算是為了完了那個留學夢吧。

《東南日報》和《時與潮》

1946 年 11 月 20 日，透過《東南日報》副刊主編陳向平的推薦，金庸正式加入新聞界，成為杭州《東南日報》一名國際新聞編譯員，每天負責收聽來自紐約、倫敦、華盛頓電台的英文廣播，將內容重點翻譯編輯成新聞報道。陳向平，就是那位在 1941 年對金庸投稿〈一事能狂便少年〉非常激賞的《東南日報》編輯先生，是金庸的又一位貴人。

雖然留學夢碎，但在報社的翻譯編輯工作，卻做得得心應手。同時，他也投稿給上海的國際時政半月刊《時與潮》，以「查理」、「查良鏞」等名刊登由他翻譯的國際關係問題文章，不久就被邀請做該刊的編輯。他的舊同學王浩然和余兆文也有在《時與潮》刊登譯文，成為他們的發表園地。

除了翻譯工作，金庸署名「宜」（來自金庸的小名「宜官」）和後來的「鏞」字，在《東南日報》的副刊主持一個輕鬆有趣、類似「腦筋急轉彎」的專欄，叫「咪咪博士答客問」，1947 年 4 月 12 日開始，每逢週六刊登，持續數月。同年 8 月，這個專欄的一名年輕讀者杜冶秋（1932 年出生），與「咪咪博士」金庸接觸上了，然後又邀請金庸去他在杭州的家拜訪，金庸因此邂逅冶秋 17 歲的姐姐杜冶芬（1930-?），冶芬明豔照人，兩人一見鍾情，開始談戀愛了。金庸請他們一家人看郭沫若的話劇《孔雀膽》，在上海行醫的杜父對金庸頗有好感。

《大公報》

1947 年 6、7 月間，上海《大公報》向全國招募三名電訊翻譯，包括金庸在內共 109 人應徵，後來入選 10 人進行筆試，將一篇英文電報和一篇社論英譯中，金庸用了 65 分鐘第一個交卷，接着接受楊歷樵、許君遠、李俠文等報界前輩的口試，成功第一個被錄取。10 月，金庸正式加入《大公報》，任國際電訊翻譯。

加入上海《大公報》前後，在堂兄查良鑑（1904-1994）協助下，金庸申請插班進入上海東吳大學法學院修讀國際法，同年

1947 年 10 月 1 日出版的《時與潮》第二十八卷第四期，刊
登了署名「查良鏞」的一篇譯文。另外，第三十卷第一期，
於 1948 年 2 月 16 日出版，同時刊登了金庸三篇譯文，分別
署名「查良鏞」、「查理」和「白香光」。

《大公報》

1902 年於天津法租界創刊，1925 年停刊。1926 年吳鼎昌、張季鸞和胡政之接辦後，在天津、上海及重慶都有分館，成為極具公信力的全國大報。

1937 年年底日本攻佔上海後，胡政之決定在港創辦《大公報》，1938 年 8 月創刊，1941 年 12 月日本佔領香港後暫時停刊，港版人員轉往 1941 年 3 月創辦的桂林版。桂林版 1944 年 9 月停刊，遷往重慶。

抗戰勝利後，上海《大公報》1945 年 11 月復刊，天津《大公報》12 月復刊，而香港《大公報》則 1948 年 3 月復刊。新中國成立後，天津版改名《進步日報》，接着天津版和上海版合併遷往北京（直到 1966 年 9 月因文革而停刊，部分原班人馬在改革開放後辦《經濟日報》等）；重慶版 1952 年改名《重慶日報》；香港版 1952 年歸中共領導和管理，1966 年北京《大公報》停刊後，成為全國唯一的《大公報》。

10 月 6 日，向杭州《東南日報》提出請兩年長假。查良鑑是上海市法院院長，當時在東吳大學法學院兼職教授。這時候的金庸，正兼顧《時與潮》、《東南日報》和《大公報》的工作，主要翻譯國際新聞和時政文章。

1947 年年底，國共內戰進入白熱化，《大公報》面對各方政治壓力，為了建立另一個據點，開始籌備在香港復刊。1948 年 1 月 25 日，胡政之（即胡霖，1889-1949）、費彝民、李俠文等骨幹成員赴港，3 月 15 日正式復刊。

港版《大公報》急需一名電訊翻譯，原定張契尼，但因太太臨盆在即，因此決定另選他人，當時《大公報》的翻譯包括金庸等數人，大家都表示「最好不派我去」。剩下最夠「資格」去的兩位年輕人金庸和蔣定本，因他們仍然單身。金庸寫信給海寧的父親和杭州的女友，父親認為「男兒志在四方」，鼓勵他去香港闖一闖，但女友杜冶芬表示有所保留，最多同意他在香港短期逗留。

1948 年 3 月 30 日，金庸飛往香港在港版《大公報》工作，一開始只考慮短期逗留。當時沒有想到，他餘生的大部分時間，

將在香港度過。當時香港剛經歷了「三年零八個月」的日佔時期，百廢待興，表面看起來比杭州更落後，卻在戰後短短數十年間，搖身一變成為經濟騰飛、高速發展的國際大都會。

金庸在香港的事業發展，最初也並非一帆風順，一直只能從事翻譯及文字編輯，收入低微。更有甚者，他從大學學到的國際關係知識，來港數年後就發覺無用武之地。從 1950 年代初到 1960 年代初的十多年間，金庸的工作與國際關係漸走漸遠，開始朝着電影評論、編劇、小說創作的方向進發。

第二章

絕代有佳人
幽居在空谷

從國際關係學者轉型為電影人

1948 年 5 月 5 日，在《大公報》各社分享資訊的內部刊物《大公園地》復刊第 19 期，刊登了署名「查良鏞」的文章〈來港前後〉，談到他來港的經歷。3 月底，剛滿 24 歲的金庸來到香港，沒想到接機的人遲遲未到，身上沒有帶上港幣。還好同機認識了新聞界前輩潘公弼（1895-1961），他借了 10 元港幣給金庸，這才順利過海來到《大公報》位於港島的報館。

港版《大公報》剛復刊，報社設施非常簡陋，總編輯和編輯同住報館位於堅尼地道贊善里八號宿舍，金庸睡在四層樓的走廊上，來港第二天更被上級安排「中午吃飯，下午睡覺，晚上工作」。生活雖然有點艱苦，但金庸此刻躊躇滿志，編輯國際新聞版，翻譯國際關係文章，都得心應手。通常發表用的筆名包括「良鏞」、「鏞」、「宜孫」、「徐宜孫」、「宜」、「查理」、「小渣」、「小喳」、「小查」、「白香光」、「光」等。

1948 年夏天，金庸飛往杭州，向杜冶芬求婚成功，10 月 2 日，他們在上海衡山路國際禮拜堂舉行婚禮，《大公報》經理費彝民（1908-1988）任證婚人。不久，杜冶芬也隨同金庸來港，搬入摩理臣山道住所。

外交家夢

日佔前香港《大公報》的副刊主編楊剛（1905-1957），是資深共產黨員，也是周恩來總理器重的著名女記者。1948 年 9 月，她剛從美國哈佛大學留學及工作返港，擔任《大公報》社評委員。據金庸多年後憶述，在 1949 年期間，他剛加入香港《大公報》不久，經常週五下午在干諾道 123 號四樓《華商報》報館參加國際問題研習會，當時楊剛、新華社香港分社社長喬木（即喬冠華，1913-1983）、劇作家夏衍（1900-1995）等都有參加，金庸對這幾位學貫中西的共產黨領導都有好感，認為從他們身上學習的知識比起大學時更多。

1949 年 10 月 1 日新中國成立後，擁有進步思想的年輕金庸，夢想成為職業外交家。11 月 18 日及 20 日，在香港《大公報》分兩期發表 6,000 字長文〈從國際法論中國

楊 剛

楊剛（1905-1957），著名左翼女記者、作家、翻譯家及外交家。筆名楊季徵、徵、Shih Ming（失名），學名楊繽，湖北沔陽人，出生於江西萍鄉，來自非常富裕的家庭，父親楊會康曾任民國政府代理湖北省省長。1922 至 1927 年就讀美國教會創辦的葆靈女子學校（Baldwin School for Girls）。1927 年 7 月，從事武漢學生運動、農民運動的初戀情人林源遭殺害。同年她入讀燕京大學，主修英國文學，美籍老師包貴司（Grace Boynton）與她情同母女。1928 年加入中國共產黨，因為斯大林名字的意思是「鋼鐵」，她改名楊剛，積極組織政治運動。畢業後與北京大學經濟系畢業生鄭侃結婚，後離異，1943 年鄭在日軍轟炸福建永安時遇害，二人育有一女。

1933 年春她加入中國左翼作家聯盟，同年秋回北京，與燕京大學師弟蕭乾（1910-1999）協助燕京大學新聞系講師埃德加·斯諾（Edgar Snow, 1905-1972）翻譯中國當代作家短篇小說選集 *Living China: Modern Chinese Short Stories*（中文書名為《活的中國》），選集第一部分翻譯〈藥〉、〈孔乙己〉等七篇魯迅的短篇小說，第二部分收入茅盾、丁玲、巴金、沈從文、郁達夫、蕭乾及楊剛等其他作家的小說，楊剛用筆名 Shih Ming（失名）直接用英文寫成 "Fragment of a Lost Diary"（〈日記拾遺〉）。1936 年，*Living China* 在英國倫敦出版。同年 7 月，斯諾成為首位受邀往延安採訪毛澤東和其他中共領導人的西方記者，採訪內容寫成 1937 年出版的名著 *Red Star Over China*（《紅星照耀中國》）。

1935 年，楊剛以學名楊繽翻譯出版英國女作家奧斯登（即珍·奧斯汀 Jane Austen, 1775-1817）名著《傲慢與偏見》（*Pride and Prejudice*）。據蕭乾回憶，包貴司在燕京大學講授英國文學史時，講得最起勁的就是珍·奧斯汀。1938 年，楊剛將毛澤東的《論持久戰》翻譯成英文。1939 年，往香港主編《大公報》文藝副刊，日軍佔領後撤退至桂林，1943 年轉往重慶，成為周恩來器重的助手，負責國際統戰工作。1944 年赴美就讀哈佛大學，與漢學家費正清（John King Fairbank, 1907-1991）成為好友，在美期間兼任《大公報》駐美特派員。

1948 年 9 月回港任《大公報》社評委員，促成《大公報》轉向中共，1950 年，在北京任外交部政策研究委員會主任秘書，10 月轉任周恩來總理辦公室主任秘書，朝鮮戰爭期間協助周恩來和美方談判，朝鮮戰爭終戰協議簽署後，先後出任中央宣傳部國際宣傳處處長、《人民日報》副總編輯。1955 年因車禍造成腦震盪，一直未好轉。1957 年服用過量安眠藥自殺身忙。

梅 汝 璈

梅汝璈（1904-1973），著名法學家，於 1948 年代表中國出任遠東國際軍事法庭法官，在維護中國立場上貢獻良多，同年年底拒絕中華民國政府任命的司法行政部部長一職，避居香港，並與當時新華社香港分社社長喬冠華取得聯絡。1949 年底到達北京，受周恩來總理稱讚。此後，梅長期擔任中華人民共和國外交部顧問。

人民在國外的產權〉，署名「查良鏞」，論證新中國政府有權擁有舊中國政府在國外及境外的產權。文章受到法學家梅汝璈的關注。

1950 年 1 月 15 日，英國為了維護在華利益，成為第一個承認中華人民共和國政府的西方國家。以當時的國際形勢，外交部急需吸納人才。同年 3 月左右，金庸受中國外交部顧問梅汝璈邀請上京會面，原本希望入職成為外交家，但因出身大地主家庭等原因而未能成功。此行也與一早在香港認識的楊剛和喬木見面談話，談到金庸進入外交部前需要接受培訓，並加入共產黨。當時楊剛是外交部政策研究委員會主任秘書，而喬木同年也成為外交部外交政策委員會副主任，兩人都是周恩來總理在外交問題上的得力助手。

金庸離開北京後，先去上海接回妻子，但杜冶芬對香港生活不太適應，經多番勸說才答應返港，但夫妻關係已出現裂痕，杜冶芬不久後也主動提出分手返回上海，未曾再踏足香港，兩人最終於 1953 年 3 月離婚收場，金庸第一段婚姻維持了四年又五個月。

翻譯國際關係作品

1950 年 6 月左右，金庸返回香港《大公報》工作。6 月 25 日爆發朝鮮戰爭（也稱韓戰），至 1953 年 7 月 27 日簽訂終戰協議，對東亞地緣政治產生深遠的影響。在朝鮮戰爭初期，金庸翻譯了一些國際關係及朝鮮戰爭相關作品，主要在 1950 年 10 月創辦的香港《大公報》子刊《新晚報》連載，部分結集成書。

1951 年 4 月 26 日，金庸父親以「抗糧、窩藏土匪、圖謀殺害幹部罪」在袁花鎮龍頭閣操場被處決。金庸得悉噩耗後，傷心不已。

此刻的金庸，外交家夢已碎，妻子不能與他白頭偕老，在香港的報社工作，已從《大公報》的國際新聞版調任到《新晚報》副刊工作，除了翻譯一些國際關係文章外，

1950 年代初期金庸翻譯的國際關係作品

1950 年 10 月-1951 年 9 月 22 日

在《新晚報》以筆名「樂宜」連載美國記者賈克‧貝爾登（Jack Belden）長篇紀實報道 *China Shakes the World* 的譯文《中國震撼着世界》。1952 年 3 月由文宗出版社出版上冊，4 月出版下冊。1952 年 12 月出版第五版時，每種印量已超過 10,000 冊。

1951 年 10 月 22 日-29 日

署名「樂宜」在《新晚報》連載美國記者哈羅德‧馬丁（Harold Martin）短篇紀實報道的譯文《朝鮮美軍被俘記》。

1952 年 1 月 17 日-6 月 5 日

署名「樂宜」在《新晚報》開始連載英國記者 Reginald William Thompson 長篇紀實報道 *Cry Korea* 的譯文《朝鮮血戰內幕》。1952 年 8 月由文宗出版社出版，初版印量 3,000 冊。

實際上不再負責撰寫政論文章。

換言之，自 1951 年開始，直到 1959 年創辦《明報》，金庸的文字工作，除了翻譯各種英文著作外，大部分精力投放在文藝領域，包括寫影評和影話、電影劇本和武俠小說，並為電影歌曲填詞。

影評人歲月

1951 年 5 月 5 日，美國舊電影《幾度山恩仇記》（*The Count of Monte Cristo*, 1934）在香港娛樂及快樂戲院聯映。這部電影勾起了金庸許多回憶，似乎時光倒流到六、七年前在重慶時少年快意恩仇的歲月……

1944 年秋天，他被中央政治學校開除後，隨即在中央圖書館工作數月，接觸到大仲馬小說的法文原版和英文譯本，他拿來與中譯本參看，提升翻譯能力。接着於 1945 年 2 月 20 日創辦《太平洋雜誌》，內容由國際時事評論譯文組成，雖然銷量不錯（3,000 本售罄），但雜誌只維持了一期。在創刊號的封底，印有一則廣告，提到「查良鏞」正着手翻譯法國文豪大仲馬的《基度山伯爵（全譯本）》，而且第一冊已經在印刷。

我們不清楚譯稿完成了多少，但相信已經開始進行，對於這位對金庸影響非常大的作家，他往後曾多次提及，表示自己的武俠小說和大仲馬的小說風格很相近，他認為，「各拿最好的五部小說來打分平均地比較，大仲馬當高我數倍；如各拿十五部來平均比

較，我自誇或可微佔先。（笑）」（《探求一個燦爛的世紀》，頁 284）

1951 年 5 月 8 日，《幾度山恩仇記》在香港重映後第三天，金庸在《新晚報》副刊《下午茶座》開設「馥蘭影評」專欄（後改稱「馥蘭影話」），首篇即為〈幾度山恩仇記〉。這篇文章，好比圓舞曲，又回到了大仲馬的浪漫世界。

金庸取「姚馥蘭」這個女性化筆名，扮演一位涉世不深的年輕知識女性，據稱為了「沖淡」副刊主要以男性作者為主的嚴肅氣氛，另外在影話中還加入叔叔、「丁謨」表弟、小表妹、小羅等經常同「她」一起看電影的虛擬人物，增加影話的趣味性。首篇影話已介紹「叔叔」：

叔叔說：「這張片子在上海映的時候，你還拖着小辮子上小學。你不是曾為大仲馬這本小說着過迷嗎？」

的確，我生命中曾有過一段時期充滿着對英雄的幻想，曾躲在房裏整天讀大仲馬的歷史小說。

就小說的技巧與氣氛而論，我更喜愛他的 Le Vicomte de Bragelonne（編按：《布拉熱洛納子爵》），但幾度山恩仇記卻曾引起我更多的想像。

……

男主角羅拔當納比劍一場很出色，但少內心的刻劃，對唐丹在獄中十餘年的怨恨不加強調，以後的報仇不免令觀眾有

過於殘忍之感。羅拔當納一九三九年曾因「萬世師表」一片得金像獎，但在此片中演技還未充分發展。倒是飾銀行家唐格拉的那個演員很會演戲，一眼就覺得滿臉貼了港幣，整個靈魂中堆滿了馬票。

看戲回來，謨問我印象如何，我說「不差，就是結尾我不同意。原書幾度山了結恩仇之後，攜了美麗忠誠的海伊黛，遨遊海上，不知所終。有『人似風中入江雲，情如雨餘黏地絮』之妙，令人無限低回，懷念不已，電影中卻使他和曼珊黛重修舊好。」

謨笑笑：「團圓總是好的。」

不少人都聽過，「姚馥蘭」這個筆名，是取英文 your friend 的諧音，但筆者也在本書第一章指出，「一位好友」正是金庸對年輕時「狂得可以」的自己的稱呼。詩仙李白月下獨酌，「舉杯邀明月，對影成三人」，而今金庸幾乎每天觀影，與姚馥蘭女士也是對「影」成三人，予人有風花雪月、笑傲江湖的況味，與寫政論文章時理性的「查理」，或翻譯文章時嚴謹的「樂宜」，形成強烈對比。

在接下來的 1951 年秋天及 1952 年春天，在朝鮮戰爭的背景下，有兩件事情，現在看回頭，多少影響着金庸最初投身電影事業的決定。

《新雜誌》

1951 年秋天，在斜風細雨的傍晚，金庸、周榆瑞（1917-1980）、劉芃如（1921-1962）和朱壽齡四位《新晚報》翻譯，約了《大公報》經理（1952 年起任社長）費彝民（1908-1988）在山頂纜車站旁的茶室中見面，計劃出版一本通俗文藝雜誌，名叫《新雜誌》。

當時四人中的劉芃如兼任《大公報》《文藝》副刊的編輯，而金庸也在《新晚報》編輯《下午茶座》副刊，四位年輕翻譯，通常在一個上午緊張的工作過後，到了下午相約到咖啡館享受着閒談。某天，芃如提出辦一份具文藝性、學術性雜誌的構思，大家都表示贊同。

我們不準備這雜誌中討論政治，只是介紹外國的文藝作品，包括小說、散文和詩，也包括圖畫、音樂、電影、戲劇和舞蹈。我們介紹中國人最光彩的才華，也介紹外國人最誠懇的成就。我們想，為了適合海外讀者的胃口，我們應當辦得盡可能通俗。把烏蘭諾娃和瑪哥芳婷美麗的圖片，放在一起，把戴維羅的漫畫和黃永玉的裝飾畫放在一起，我們評論美國電影和香港電影，也評論明星和導演。[1]

---

1 烏蘭諾娃（Galina Ulanova, 1910-1998），俄羅斯芭蕾舞舞蹈家；瑪哥芳婷（Margot Fonteyn, 1919-1991），英國芭蕾舞蹈家；戴維羅（David Law, 1908-1971），蘇格蘭漫畫家；黃永玉（1924-2023），中國名畫家，金庸的好友，曾在長城電影製片有限公司以筆名「黃笛」編劇。

姚馥蘭「馥蘭影話」（13 個月）

1951 年 5 月 8 日，金庸開始署名「姚馥蘭」在《新晚報》副刊《下午茶座》設立影話專欄，原名「馥蘭影評」，發表了 21 篇後更名為「馥蘭影話」，是金庸第一個恆常影話專欄，「馥蘭影話」幾乎是每天或每隔一兩天刊登一次，到 1952 年 8 月 21 日結束。影話主要談論西片，也經常介紹一些電影知識。

林子暢「子暢影話」（6 個月）

1952 年 8 月 22 日起，「馥蘭影話」改為「子暢影話」，由金庸署名「林子暢」繼續經營，直至 1953 年 2 月 16 日止（6 個月），當日文章表示「要到杭州上海一帶旅行一趟，看看同學朋友，看看電影和各種戲劇，再拍一些風景照片，預定一個月後回來。」但事實上，專欄那天正式結束。那次旅行部分原因是為了在 3 月初同杜冶芬辦理離婚手續，另外參加妹妹的婚禮。

「子暢影話」主要介紹和評論首輪或重映的西片，也兼顧蘇聯和東歐的電影，雖然也會介紹愛國進步電影公司的國語電影，尤其是長城電影製片有限公司出品的電影，但數量非常少。影話採取的批評策略，着重電影的社會教化意義，對荷里活商業電影的批評往往比較嚴苛。

蕭子嘉「每日影談」（7 個月）

1953 年 4 月 28 日，金庸開始用「蕭子嘉」筆名，為《大公報》副刊《俱樂部》的影話專欄「每日影談」執筆，至同年 12 月 31 日最後一次署名蕭子嘉。蕭子嘉的影話較為生活化，往往加入閱讀心得，豐富了電影觀賞經驗，而整體採取的批判策略，更着重電影藝術元素，對電影意識形態的批評趨於溫和。

姚嘉衣「影談」（3 年半）

　　從 1954 年 1 月 1 日起，至 1957 年 7 月 5 日，在三年半的漫長歲月裏，金庸署名「姚嘉衣」，繼續為《大公報》寫「影談」文章。期間也開設了幾個短期的介紹電影的欄目，包括「電影眾議院」、「頭輪影評」、「電影信箱」和「今日電影」，增加與讀者的互動，影談文字更趨生活化和趣味化。

1952 年的皇后戲院相片（real photo）明信片。1924 年開業的皇后戲院（Queen's Theatre，今皇后大道中 31 號陸海通大廈），戰後復業時，仍然是香港最重要的西片影院之一。這張照片經上色，色彩鮮艷。圖中的電影廣告顯示，正放映《借夫一年後》（Invitation）一片。1952 年金庸開始做影評人，觀看大量西片，相信曾是皇后戲院的座上客。

當時，這幾位翻譯在事業上漸露頭角──周榆瑞寫的「江南舊事」系列出版後，銷路不錯；金庸正在翻譯《中國震撼着世界》，在《新晚報》連載，也很受歡迎；而劉芃如的《外交家》也剛脫稿，加上《新晚報》的銷量已超越《星島晚報》，大家躊躇滿志，希望為新中國貢獻更多。

《大公報》的費彝民看了他們的計劃書後，表示非常支持，約他們在山頂茶室見面，那天叫了很多菜餚，費彝民接着說：「良鏞負責編輯，壽齡做經理，芃如負責國外的組稿，榆瑞負責內地的組稿。我先去籌一萬元向華民政務司登記。」

創辦《新雜誌》，是金庸這幾位年輕人，希望透過文藝為新中國貢獻一份力量。金庸自己這樣解釋：

主要目的是為新中國的文化作宣傳，就像初期的《新晚報》那樣，沒有強烈的政治色彩，但將新中國的好處，潛移默化的傳達給讀者。辦雜誌完全是義務的，不要求任何報酬，也不想宣揚個人。但《新雜誌》最終未能出版。雖然得到香港《大公報》負責人費彝民的支援，但是「社務委員會」沒有通過。十二年後再回想雜誌的流產，認為問題在於我們幾人的作風太自由散漫，太沒有組織和紀律觀念，將計劃越級向費先生提出，違反了紀律。我們以舊社會中天真幼稚、漫不在乎的方式，企圖在一個左派機構中推行一個小小的計劃，想起來，在政治上實在是不可饒恕的無知而單純。

隨着秋季的結束，《新雜誌》計劃也無疾而終。

愛國影人遭遣返

1951年冬季，11月21日，九龍東頭村發生大火，燒毀木屋3,740戶，逾16,000人無家可歸。港英政府救援工作緩慢，引起社會各界不滿。愛國進步文藝界人士也開始醞釀賑災活動，並加緊統戰工作，但在冷戰的陰霾下，港英政府為了維護自身利益，嘗試「平衡」各方勢力，選擇對任何上升的力量都採取打壓，對組織活動的愛國人士採取進一步監控，甚至拘捕和遞解出境。

1952年1月10日，港英政府拘捕司馬文森（1916-1968）、劉瓊（1912-2002）、舒適（1916-2015）、齊聞韶（1915-2001）、楊樺、馬國亮、沈寂及狄梵（1920-2012，劉瓊的妻子）等八名愛國進步電影工作者，並將他們遞解出境。12天後，又將編導白沉及攝影師蔣偉遞解出境。

1952年3月1日，1,000多名人士在尖沙咀火車站等候由中共華南分局派出的「粵穗慰問九龍寨城東頭村受災同胞代表團」，但慰問團遭禁止入境香港，引發佐敦道警民衝突，30人受傷，100多人被捕，12人被遞解出境。事件稱為「三一事件」。

1951-1952 年間，周榆瑞以「宋喬」為筆名，
發表文章揭露抗戰勝利前後，在重慶和南京
的國民黨高層之間發生的權力鬥爭和聲色犬
馬故事，結集成《秦淮述舊》（「江南舊事
之一」）、《金陵散記》（「江南舊事之二」）
以及小說《侍衞官雜記》（上、下冊）。

劉芃如用「洪膺」筆名寫詩，《新雨集》是他和葉
靈鳳、阮朗（即嚴慶澍，導演嚴浩的父親）、李林
風（即侶倫）等名作家的六人合集。

由永華影業公司斥巨
資拍攝的國語歷史大
片《國魂》於 1948 年
9 月 9 日香港上映，轟
動一時，圖為娛樂戲院
（King's Theatre）放映
期間所拍攝，巨型廣告
牌是飾演文天祥一角的
男主角劉瓊。1952 年
搜捕愛國進步影人的行
動中，劉瓊和同是演員
的妻子皆被遞解出境，
導致在港的愛國進步影
圈元氣大傷。

國魂

品出大偉司公業影華永

THE SOUL OF CHINA

A MAGNIFICENT PRODUCTION OF YUNG HWA MOTION PICTURE INDUSTRIES, LTD.

Liu Chong
as
Wen Tien Hsiang

劉瓊

同年 3 月 5 日，本港愛國報章《大公報》、《文匯報》及《新晚報》轉載《人民日報》針對三一事件的評論文章。5 月 5 日，費彝民主持的《大公報》被港英政府頒佈停刊令，直到 5 月 17 日才解禁。

在朝鮮戰爭持續之際，東亞地區冷戰更趨尖銳，香港社會氣氛一度非常緊張，港英政府也插手干預文藝界的活動，上述 1952 年 1 月的拘捕遞解行動，造成進步陣營電影工作者出現人才真空。當時已經為《新晚報》等報章寫影評的金庸，自然成為進步電影公司長城電影製片有限公司的招攬目標。

1951 年 5 月至 1953 年 2 月，金庸為《新晚報》撰寫影評影話，幾乎每天刊登一篇，1952 年 3 月開始為《長城畫報》寫電影知識文章，約每月一篇，第一篇是第 14 期發表的《談看電影》，署名姚馥蘭。1952 年年中，他同時以合約形式為長城寫電影劇本。

換言之，1951 至 52 年間，正是金庸電影歲月的開端。1953 年 1 月 1 日在《大公報》開設的「每日影談」欄目，由左翼電影評論家楊樺負責撰稿，楊在 1952 年初已被遞解出境，但一年後仍然在《大公報》寫影評，最後一篇刊登於 1953 年 4 月 27 日。金庸署名「蕭子嘉」在翌日接手繼續為欄目寫影話。

自 1952 年夏天，長城電影製片公司已開始籌備《絕代佳人》的拍攝工作，劇本隨即交由金庸處理，這是他寫的第一個電影劇本，在接下來的九年，金庸投身電影事業。數十年後，在 2000 年發表的〈笑容在我看來是一種蒙太奇〉一文中，他為自己的電影生涯作出以下總結和評價：

四十五年前，我開始學寫電影劇本，寫了二三十個，其中有的還算成功。四十年前，我開始學做電影導演，導了兩部戲，第一部還可以，但不算成功。第二部是戲劇紀錄片，幾十年後的今日，還偶爾見到放映。[1]

在金庸的二三十個電影劇本中，有九個拍成電影，在本章和下一章，將一一為讀者介紹。其他劇本的手稿，是否留了下來，暫時未有發現，或許未來有一天會被人發掘出來。

---

1 「45 年前」（1955 年）和「40 年前」（1960 年）的說法，只是約數，因為金庸 1952 年已經開始寫劇本，後來 1958 年開始做導演。另外，1979 年 11 月 16 日，金庸訪問台灣地區，在導演白景瑞的公館「小白屋」，電影界的導演、編劇、演員、影評人聚在一起，和他談電影。白景瑞說自己與金庸相交十年，還不知道他當過導演的事，眾人也紛紛說不知道。金庸回答說：「你們都不知道，證明我搞電影完全失敗。」

《娘惹》劇照。電影於 1952 年 6 月 1 日上映，由
長城電影製片有限公司出品，嚴俊、夏夢主演，
是夏夢第二部電影。電影批判部分華僑仍固守盲
婚啞嫁習俗，是一部反封建題材電影。《娘惹》的
編劇就是被遞解出境的司馬文森，上映時編劇名
字改為「馬霖」。司馬文森自 1946 年任中共港澳
工委委員，負責香港電影界的統戰工作。

《絕代佳人》（1953）

南下知識分子

電影《絕代佳人》的片名來自唐代詩人杜甫的〈佳人〉一詩：

> 絕代有佳人，幽居在空谷。自云良家子，零落依草木。關中昔喪亂，兄弟遭殺戮。官高何足論，不得收骨肉。世情惡衰歇，萬事隨轉燭。夫婿輕薄兒，新人美如玉。合昏尚知時，鴛鴦不獨宿。但見新人笑，那聞舊人哭。在山泉水清，出山泉水濁。侍婢賣珠回，牽蘿補茅屋。摘花不插髮，採柏動盈掬。天寒翠袖薄，日暮倚修竹。

杜甫寫一位來自顯赫家族的美麗婦人，安史之亂時，位高權重的兄弟慘遭殺戮，娘家家道中落，丈夫見異思遷，因此流落在荒山野林，在山谷中居住了下來，但仍保持高尚純潔的心靈。

雖然金庸不是女兒身，但這位「絕代佳人」的描述，似乎也是金庸本人以及他那一代南下香港的（也稱「南來」）知識分子的寫照。

夏夢曾表示，1952年電影劇本初稿原本叫這部電影做《如姬》，如果當時電影就叫《絕代佳人》，她會感到壓力很大，未必會接拍。

1952年夏天，朝鮮戰爭仍未結束，金庸剛完成在《新晚報》連載英國記者長篇紀實報道《朝鮮血戰內幕》譯文，隨即接手《絕代佳人》劇本的編寫工作，收取3,000港元的酬勞。當時夏夢未滿20歲，但已成為巨星，酬金已升至二萬元。整部電影的預算25萬港元。金庸1952年做編劇之初，相信仍使用查良鏞本名，直到1953年5月左右才開始使用「林歡」為筆名，主要用於編寫電影劇本和影話，以及為電影歌曲填詞。

金庸首個電影劇本

《絕代佳人》劇情主要來自《史記》中有關戰國時代的一段傳奇故事，也參考了郭沫若的歷史劇《虎符》。當時秦國企圖統

《絕代佳人》
Peerless Beauty

（古裝國語片）

出品公司：
長城電影製片有限公司

上映日期：
1953 年 9 月 22 日（21
日晚上九時半在利舞台
和大世界戲院特別場優
先獻映）

導演：李萍倩

編劇：林歡（即金庸）

製片人：袁仰安

主要演員：
平凡（飾信陵君）、
夏夢（飾如姬）、
姜明（飾魏王）、
蘇秦（飾侯生）、
樂蒂（飾侯可肩）、
孫芷君（飾蔡尚禮）

第三十七期 長城畫報

長城公司偉大歷史故事宮幃豔史改篇豪華古裝巨片

絕代佳人

製片人
袁仰安

攝劇：
查夏鏑張李陳姜夏蘇平
導演：
李萍倩
聯同主演
君鳴玉沙波明夢蒂凡秦
（出場序）
靜次芷
孫李金陳姜夏蘇

一六國，對趙國進行圍攻。夏夢飾演趙國農女如兒，她認同墨家提倡的「兼愛」和「非攻」，厭恨戰爭，但惡夢降臨，秦國入侵時父親被徵入伍戰死，她逃亡魏國。面對國仇家恨，始終念念不忘為父報仇，也希望解救趙國，爭取魏國派遣援兵。

在金庸編寫的首個電影劇本中，仍以國仇家恨為主線，同時也注入了感情元素，以及正邪兩位男主角同時愛上一位美麗純良女子的情節。來到魏國不久，如兒邂逅魏王的異母弟弟信陵君（姬姓，魏氏，名無忌）（平凡飾演），一個農民出身，一個是貴族子弟，但二人都熱愛和平，一見如故，兩人玩投壺遊戲，漸生情愫。

信陵君欲勸服兄長魏王出兵救趙，魏王非但不允許，更垂涎如兒的美色。如兒為了復仇，接受被選入宮當王妃，成為如姬，並藉着討好魏王，求他出兵幫助趙國，解秦兵包圍之困，但魏王只敷衍答應，甚至窩藏趙國叛徒蔡尚禮（孫芷君飾演），當初因他的建議而讓老百姓被徵兵，間接害死如姬的父親。

如姬要求信陵君替她剷除蔡尚禮，為父報仇。另外，又設計灌醉魏王，盜取他調兵遣將用的「虎符」，送到信陵君手中。信陵君取得「虎符」後，成功率兵解救趙國，擊退秦兵。

事情揭發後，如姬被魏王處死，赴刑時她換回趙國農女服裝，手持信陵君送給她的玉珮和一朵枯掉了的花。

電影藝術和市場

長城電影製片公司作為一間愛國進步電影公司，出品的劇本都偏重於社會教化和針砭時弊，尤其對封建思想、資本剝削等議題，透過電影進行批判，往往比較尖銳。而且，在劇本創作過程中，必須經過多次開會審定，基本上也是群體創作。金庸的《絕代佳人》劇本，在角色設定上，賦予如姬農民的身份（歷史上未必是這樣），凸顯了階級鬥爭的元素，另外以「抗秦援趙」為主題，或有點借古諷今的意味，但在整體風格上，仍屬傳統正邪衝突和才子佳人劇，階級之間的矛盾明顯不是主線。

金庸的重大貢獻，在於減少影片的說教意味，並加入更強的戲劇元素，包括說故事的技巧、正邪人物的細膩塑造、英雄美人相愛相知卻未能結合讓人唏噓的感情戲，以及劇情起伏和人物衝突的精心營造。結果是大大增加了電影的藝術成就，同時也吸引了更多觀眾。

在電影的表達手法上，《絕代佳人》首映後的第三天（即 1953 年 9 月 24 日），金庸署名蕭子嘉在《大公報》「每日影談」評論《絕代佳人》，指出電影使用了「楔子」的表達方式，電影開始時，鏡頭跟着一匹奔馳的快馬，路旁屍橫遍野，點出故事發生在古代一場戰役的背景。金庸表示這可能是國語片首次使用「楔子」。

在人物描寫上，除了表達正邪人物的衝

《絕代佳人》在內地放映時的海報之一。如兒（夏夢飾演，右二）逃難到魏國，得侯嬴收為義女，這天信陵君（平凡飾演，右三）慕名拜訪侯嬴，碰巧聽到如兒和義士朱亥（左一）說：「秦國雖強，但只要愛好和平的百姓聯合起來，必能戰勝秦國。」信陵君聽了這話暗暗讚她有見識。侯嬴女兒（樂蒂飾演，右一）也在一旁聽着。

《絕代佳人》在內地放映時的海報之一。信陵君和如兒一見如故，他們玩投壺遊戲，誰輸了就罰在額上畫個圈。

《絕代佳人》在內地放映時的海報之一。如兒進宮後，魏王（姜明飾演，右）封她為如姬。她想到正在遭難的趙國，一直悶悶不樂。她要求魏王出兵救趙。魏王為了討她歡心，便叫晉鄙將軍調動十萬兵馬，屯兵在趙國邊界觀望。

1953 年 9 月 21 日《絕代佳人》優先獻映時派發的戲橋。該片在慣常上映西片的利舞台和大世界戲院上映，加上簡單的英文字幕。

突，也強調了個人在兒女私情與國家責任之間的艱難抉擇。《絕代佳人》已依稀看到金庸第一部武俠小說《書劍恩仇錄》（1955）中乾隆皇帝和弟弟陳家洛之間的恩怨情仇，以及兄弟兩人同樣傾心於純潔無瑕的香香公主，而最終做弟弟的為了更偉大的抱負而甘心放棄心上人的複雜內心世界。

1953 年 5 月，金庸署名林歡在《長城畫報》第 28 期寫了一篇文章〈古裝電影的要旨〉，談到了《絕代佳人》的改編，基本上來自《史記》中的寥寥數語，但保留了原著的精神：

歷史戲的要旨，在於表現當時的歷史精神。並不是在細節如說話，吃飯等形式上求逼肖古代，而是要抓住那個時代中一個深刻的矛盾問題。

1953 年 7 月 27 日，中、美、朝三國簽訂《朝鮮停戰協定》，東亞冷戰氣氛有所緩和。同年 9 月 22 日的中秋節，《絕代佳人》正式在香港首輪西片院線上映，也反映了長城電影製片公司加重市場推廣力度的策略。

同年 9 月《長城畫報》第 32 期，刊登了香港《德臣西報》（*The China Mail*）女記者舒稻遜（Sue Dawson）參觀長城片場後的一篇報道〈熱情鏡頭在哪裏？〉，譯文出自金庸手筆。[1] 女記者 5 月份訪問長城片場那天，正拍攝長城第 24 部電影《絕代佳人》。長城總經理袁仰安（1905-1994）和幕後人員接受訪問，談到了製作費用和觀眾口味。一般古裝片製作費比較高昂，又不及時裝片較討好觀眾，例如改編自《紅樓夢》的時裝片《新紅樓夢》（1952）是非常成功的例子，但長城堅持用時裝片的部分利潤，支持拍攝利潤較微薄的古裝片。

另外也談到國語片需要發展海外市場的問題，由於朝鮮戰爭期間，內地禁止香港電影進口，也需要發展東南亞和南北美市場。在香港則會為國語片配上粵語並加上英文字幕，吸引更多本地及海外觀眾觀看。

記者問到為什麼中國影片裏沒有更親熱的鏡頭，袁仰安表示，接吻和類似的舉動，在公開場合並不是中國人的習慣，反而觀眾看到會覺得不自在。雖然沒有這些鏡頭，但影迷對夏夢、石慧等女星，仍然非常傾慕。

從上述報道可知，此時期的長城電影製片公司，對影片的藝術品質和市場歡迎程度都甚為注意，並非意識形態掛帥。除了在本地媒體推出宣傳活動外，也爭取電影能參加國際影展。在《長城畫報》第 32 期，金庸也以林歡為筆名撰寫報道文章〈爭取國際聲譽〉，談到夏夢主演的第一步古裝片《孽海花》在 8 月 23 日至 9 月 13 日舉行的第七屆

---

[1] 原文 1953 年 5 月 6 日刊登在 *The China Mail*，原題為：“But Where Are the Love Scenes? Sue Dawson Sees a Chinese Studio Film An Ancient Classic.”

電影《孽海花》上映時派發的紀念明信片，夏夢造型散發古典美。

英國愛丁堡電影節成為入選電影。

民族電影的探索

1951 至 1952 年間，金庸以筆名「姚馥蘭」和「林子暢」在《新晚報》寫影評和影話，評論對象主要是西片，對電影的社會教化意義都比較重視，而且對西片的庸俗商業元素，也習慣性地大加批評。

1953 年 4 月 28 日是一個轉捩點，過往社會批判意識濃重的「林子暢」不復再見，由更注重生活趣味和電影藝術的「蕭子嘉」粉墨登場，為《大公報》「每日影談」欄目每天寫影話。

在 1953 至 1954 年間，金庸用筆名「林歡」在《長城畫報》先後發表了〈民族遺產與電影〉（1953 年 7 月第 30 期）和〈電影的民族形式〉（1954 年 6 月第 40 期），對發展富有民族特色的電影作品提出意見。

在〈電影的民族形式〉中，金庸這樣寫道：

最近看了一部國語片，不論故事、人物、處理的手法，全部都是模倣荷里活電影的，看得我非常難過。這種非驢非馬式的電影絕不會受任何觀眾所歡迎，那是可以肯定的，中國人不喜歡，美國人更不會喜歡。

像所有的藝術作品一樣，每個民族的電影藝術也都有其獨特的民族形式。這種

形式和這個民族的文化傳統、風俗習慣的經濟與社會生活都有密切關係，也可以說，藝術品、民族形式是由這些條件所規定的。……

以前藝術上曾流行一種稱為「世界主義」的思想。這種思想企圖抹煞各個民族的個性，現在已證完全錯誤。不論音樂、文學、或者是美術，只要是真正從民間來的東西，民族性儘管強烈，外國人仍舊是會喜愛的。我國的彩色歌舞片《梁山伯與祝英台》最近在國外放映得到極大的好評，就是一個明證。

金庸在這裏碰觸到世界電影發展史上一個很深刻的問題——究竟電影在哪個層面上屬於世界語言，但在哪些層面上屬於民族文化的展現？兩者的互動和衝擊，是電影評論家思考的重要議題。

1950 年代的香港，以荷里活為首的西片，不斷輸出其審美觀和社會政治意識，在冷戰背景下尤其強烈。金庸對西片涉獵至深，最初又從進步意識形態下審視西片，最終明白到中國的（電影及小說）藝術發展的未來，可借鏡西片成功之處，但必須從民族文化的根汲取養分，然後才能演化發展，並抗拒西片文化話語權的壟斷。

金庸編寫的《絕代佳人》劇本，固然表達了階級鬥爭和反霸權等進步思想，但同時也注入了中國民族文化的元素——尤其是墨家的兼愛、非攻思想，以及由俠義精神發

展出的家國情懷等價值觀——在夏夢飾演的如姬和平凡飾演的信陵君身上呈現了出來。《絕代佳人》的意義，其中一個容易被人忽略的，是它在發展中國電影民族形式上的嘗試。

——古裝故事片——
絕代佳人
香港长城公司出品

這是香港長城公司出品的一部古裝歷史故事片。故事發生在我國的戰國時期。那時，秦兵侵犯趙國。從趙國逃亡到魏國來的如姬，已經做了魏王的妃子。趙國求救趙國。魏王怕秦國強，不願相救。如姬為救趙國，为父母報仇，便窃到魏王的兵符交给信陵君。信陵君率領魏王的十万大军，擊敗秦兵，救了趙國。如姬故魏王斬首，为人民和正义而犧牲，留名後世。

故事發生在我國的戰國時映。

如姬本來是趙國人。因秦兵侵入，奸細出賣了趙國軍隊，至使如姬的家鄉被侵佔，父母被役者。如姬逃亡到魏國來。魏國一個守城門的老人侯生，收留了如姬。

以後，侯生把如姬荐给信陵君。如姬成了信陵君的門客，並和信陵君發生了愛情。魏王的大臣看見如姬貌美，便把寶取己有。陰謀改嫁後，又股诡计把如姬弄去给魏王做妃子。魏王很簡愛如姬。

秦軍圍攻趙國的邯鄲，趙國向魏國求救。魏王害怕秦國，不願發兵相救。信陵君雖向魏王進諫，也毫無作用。秦國又派使者前來魏國，威脅利誘魏王。隨秦國使者前來的，正是出賣趙國軍隊，與如姬有殺父之仇的趙國奸細。如姬要魏王斬奸細以報父仇。魏王口頭上答應，實際上奸細卻藏在魏王的大臣家裏，平安無事。如姬又去求信陵君，要他辭自己的父母報仇。當秦國使者要離開魏國那天，趙國奸細的首級被信陵君的門客砍下了。如姬從此更感激信陵君。

《絕代佳人》後來在內地放映，並於 1957 年 4 月 11 日獲得中國文化部 1949 至 1955 年優秀影片榮譽獎（香港故事片），是五部香港獲獎影片之一。金庸也憑此片贏得最佳編劇獎。圖為該片在內地放映時派發的「影片說明」（香港稱為「戲橋」或「本事」）。

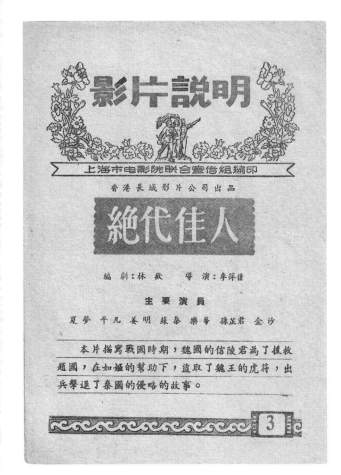

影片說明
上海市电影院联合宣传组编印
香港長城影片公司出品
絕代佳人
編劇：林歡　導演：李萍倩

主要演員

夏夢　平凡　姜明　蘇秦　樂蒂　孫芷君　金沙

本片描寫戰國時期，魏國的信陵君為了援救趙國，在如姬的幫助下，盜取了魏王的虎符，出兵擊退了秦國的侵略的故事。

3

○舞共蒂樂和歡林家劇編

1954 年元旦，長城同仁舉辦了一次聯歡晚會，聚餐後舉行舞會，並交換禮物。金庸與 17 歲的樂蒂（1937-1968）共舞（左圖），無獨有偶，兩人曾參與製作的《絕代佳人》均是他們的第一次——金庸第一部編劇電影，也是樂蒂第一部參演的電影，拍攝當年年僅 15 歲。金庸背後那位跳舞者是長城御用作曲家黎草田（1921-1994），也就是著名作曲家、填詞人黎小田的爸爸。

1954年12月14日，内地首部彩色越劇電影《梁山伯與祝英台》在香港上映時的戲橋（正面）。金庸在〈電影的民族形式〉中提到該片在國外放映時受到好評。

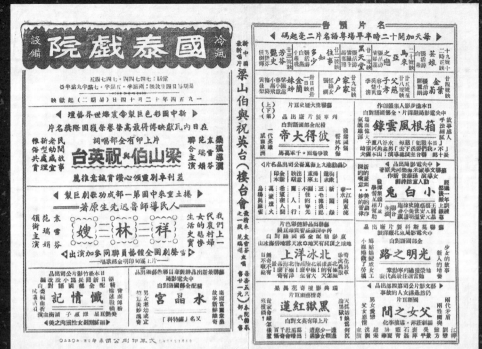

《梁山伯與祝英台》戲橋背面。

《歡喜冤家》（1954）

誰是蕭鳳？

約 1952 年秋天，金庸已完成《絕代佳人》電影劇本，隨即為長城電影製片有限公司編寫第二個劇本，這次是一部時裝喜劇，講述一對夫妻因為雞毛蒜皮的事情產生誤會，險些離婚。

男女主角華爾康（傅奇飾演）和張清萍（夏夢飾演）已結婚多年，二人育有一名聰明伶俐的兒子小康（黎小田飾演）。夫妻恩愛但經常為小事爭吵，無非是少爺小姐脾氣互不相讓，清萍的姑母多番勸解也無效。

清萍平日在家做家庭主婦，生活枯燥苦悶，曾多次表示想出外找工作，但大男子主義的爾康總不答應，認為此舉讓人誤會自己養不起太太，有損他的體面。

清萍瞞着爾康，每天用半天時間參加姑母的縫紉學校，誰知有一次遲了回家，未及替爾康準備午飯，引起爾康不滿。後來，清萍為了更方便照顧家人，把縫紉機帶回家工作。爾康晚上寫作時被縫紉機發出的聲音騷擾，再次爭吵起來，接着又鬧上律師樓要簽字離婚。

劇情繼續發展，清萍誤會爾康和女同事發展婚外情，但最終得悉女同事即將結婚，於是冰釋前嫌，和好如初。

由於在宣傳電影時，編劇的名字既不是「查良鏞」，又不是「林歡」，而是「蕭鳳」，所以不少人都忽略了這部電影同金庸的關聯。

《長城畫報》第 63 期（1956 年 5 月）中有提及《歡喜冤家》是林歡編寫的劇本，但這是否表示「蕭鳳」就是金庸的另外一個筆名？為什麼其他由金庸編寫的長城電影都用「林歡」為筆名，而這部電影卻偏偏用了另外一個筆名？

原來，金庸在一篇影話中有交代編寫《歡喜冤家》劇本的來龍去脈，而且參照金庸當時和第一任妻子杜冶芬已分居一段日子，將在 1953 年 3 月辦理離婚手續，筆者這才恍然大悟，找到了金庸改「林歡」這個筆名的真正原因。

《歡喜冤家》
Merry-go-round
（時裝國語片）

出品公司：
長城電影製片有限公司

上映日期：
1954 年 2 月 2 日

導演：程步高

編劇：
蕭鳳；林歡（即金庸）寫初稿《二度梅》，後由胡小峰、程步高修訂

製片人：袁仰安

主要演員：
夏夢（飾張清萍）、
傅奇（飾華爾康）、
黎小田（飾華小康）、
林靜（飾姑母）、
朱莉（即朱立、飾方慧芬）、
蘇秦（飾陸祖培）

《歡喜冤家》廣告。

1954年《歡喜冤家》在香港南洋戲院上映時派發的戲橋。

從林子暢到林歡

　　1954 年 2 月 7 日，《歡喜冤家》上映後幾天，金庸以筆名「姚嘉衣」在《大公報》「影談」專欄刊登影話〈相愛與諒解──談《歡喜冤家》〉，將創作這部電影劇本的始末詳細交代。

　　姚嘉衣表示，前年（1952 年）初夏，他和朋友在漆咸道散步談天，後來到格蘭飯店去喝咖啡。這位朋友以前是著名律師（指長城總經理袁仰安？），談起一對夫妻要離婚又不離婚的故事：

　　我聽了覺得好笑，也有點傷感，因為其中包含着許多動人的事件。人們互相不能原諒，可是互相又愛着。

　　後來這故事有人寫了劇本，當時叫做《二度梅》。這個劇本有很多笑料，有很多喜劇因素，結構也很巧妙，然而感情不夠豐富深刻，許多人看了都希望再能充實些。劇本雖然印刷了出來，但影片始終沒有拍攝，後來聽說劇本重新寫過，那就是這部《歡喜冤家》。有時候我到片場去參觀他們拍戲，常看見程步高先生和胡小峰兄在修改劇本。……我第一次聽那個故事時所感到的慰藉和酸楚，在看那部影片時又經歷到了。

　　在這裏，金庸把離婚帶給他的苦楚，赤裸裸地表達了出來。他大概在 1952 年秋天寫劇本，隨即由正副導演程步高和胡小峰重寫和修訂。根據《長城畫報》第 26 期，《歡喜冤家》於 1953 年 1 月開拍，較《絕代佳人》更早。當時用了「蕭鳳」為編劇的筆名，究竟代表胡小峰的「小峰」？還是金庸於 1953 年初使用的筆名「蕭子嘉」再結合「小峰」？

　　無論如何，1953 年 3 月金庸前往上海辦理離婚手續，同年 4 月在《長城畫報》第 27 期封底宣傳《絕代佳人》的廣告，仍然見到「查良鏞」是編劇，但在 5 月《絕代佳人》開鏡時，金庸才首次使用「林歡」這個新筆名。

　　有人認為，既然「林歡」這個筆名是離婚後所取的，當事人無論如何不再「歡欣」，所以斷言「雙木」林並不代表「查」、「杜」二人的姓氏，反而更可能代表「查」和夏夢名字中「夢」字的簡體：「梦」。但這個說法是否接近事實，還是外人的穿鑿附會？

　　一直以來，大家忽略了「林歡」筆名的前身「林子暢」。當明白到兩者的演化關係，就會恍然大悟，原來「林歡」一名，並非什麼謎語，也不是想像中那麼複雜。

　　答案來自 2011 年沈鑒治的回憶錄《君子以經論》。沈是長城電影製片有限公司總經理袁仰安的大女婿，也是毛妹的姐夫，經金庸介紹後，在《大公報》以筆名「邵治明」寫影話，後來也在袁仰安創辦的新新電影企業有限公司擔任編劇和導演。沈在回憶

錄中透露，金庸用「林子暢」做筆名，原因很簡單，因為「林子暢」用上海話唸起來有點像金庸的英文名字 Louis Cha。這個筆名在 1953 年 3 月，金庸回內地辦理離婚手續後便忽然消失，取而代之有「林歡」和「蕭子嘉」等筆名。

為什麼改名「林歡」，似乎已呼之欲出。

雖然《歡喜冤家》不是金庸第一個編寫的劇本，而且也遭導演大幅度修改，但故事情節基本上一樣。電影在 1953 年年初，早於《絕代佳人》拍攝完畢，是真正意義上金庸的第一部電影。

合理的推測是，他選擇從當時的筆名「林子暢」和《歡喜冤家》中各取一字，合併為「林歡」。

「林歡」這個筆名，當然也隱藏了金庸的一個美好願望——或許，他希望深愛着的妻子杜冶芬能夠回心轉意，正如電影劇情一般，一對歡喜冤家最終能和好如初。可惜，在電影世界中的結局，只是金庸一廂情願的想法。

金庸於 1954 年 2 月發表有關《歡喜冤家》的影話時，簽字離婚已接近一整個年頭，但當他看完電影後，仍然表示自己再次經歷到「慰藉」和「酸楚」。

無獨有偶，金庸下一個編寫的劇本《蘭花花》，同樣也是一個夫婦因誤會而分離的故事。

《蘭花花》（1958）

康明與周蘭

《蘭花花》是金庸替長城電影製片有限公司編寫的第三個電影劇本，大概寫於1953年中或年底。那年3月，金庸剛與杜冶芬在上海辦理離婚手續。1954年，電影基本上完成拍攝工作，但據稱由於部分鏡頭需要補拍，延至1958年1月才上映。

故事背景雖然從《絕代佳人》的戰國變為民國，但同樣加入了戰爭和愛情的元素。

故事講述1935年的上海，一對恩愛的小夫妻王康明（傅奇飾演）和周蘭（石慧飾演），屬秋聲劇團的男女主角。康明熱情奔放，周蘭則溫柔體貼，兩人都熱愛藝術，願意為藝術犧牲，不追求物質生活。但康明為人衝動，也疑心重。

有一次劇團在美都戲院上演《大雷雨》前夕，蘭遇上在杭州的舊鄰居富商馬先生，原來他就是戲院的主人。馬先生為人好色齷齪，垂涎蘭的美貌，經常對她獻殷勤，康明有一次與馬先生發生衝突，導致馬拒絕租出戲院。

蘭以大局為重，因此不讓康明知道，就和團長一起去杭州與馬先生求情。康明誤會蘭，以為她移情別戀，發起脾氣。

接着爆發九一八事件，日本侵略者進犯華北。蘭對康明非常失望，心灰意冷，雖然她已懷上康明的骨肉，但決定跟隨兄長（張錚飾演）往華北參加抗戰宣傳劇團的工作，為抗日籌募經費。她留下父親送給她的一枚蘭心形別針，上面刻着：「愛藝術　愛國家」，希望康明明白她的心意。

最後，康明從團友得知事情始末，發覺自己錯怪蘭，又得悉蘭已懷有自己骨肉，既懊悔又思念。電影有一個大團圓結局，康明也北上參加抗日宣傳活動，終於在華北某鄉村遇到正在演出的蘭和自己的女兒。拍攝華北農村的幾場戲在香港新界錦田取景。

傅奇與石慧

1953年底至1954年初，在《蘭花花》拍攝期間，男女主角傅奇和石慧發展戀情，兩人於1954年3月6日舉行婚禮。

《蘭花花》
When You Were Not With Me
（時裝國語片）

出品公司：
長城電影製片有限公司

上映日期：
1958 年 1 月 9 日

導演：程步高

編劇：林歡（即金庸）

製片人：袁仰安

主要演員：
石慧（飾周蘭）、
傅奇（飾王康明）、
王季平（飾傅經理）、
金沙（飾馬仁世）、
李次玉（飾沈崇貽）、
朱莉（即朱立）
（飾江靈雲）、
蘇秦（飾吳承祖）、
孫芷君（飾曹導演）、
張錚（飾周煥文）

《蘭花花》男女主角傅奇和石慧在電影中的戲中戲造型。

當年有傅奇、石慧的粉絲，留下報道他們結婚消息的剪報留念。

◇影星石慧傅奇六日在婚姻註冊署舉行婚典

石慧傳奇結婚 樂宮樓頭記盛

傳奇和石慧兩人，昨日在高院婚姻註冊署中定了終身大事，當晚在樂宮樓設筵，到賀親友近三百人。其中大半是電影圈中知名之士，並且

正在來賓紛紛涌到的時候，近門處忽然靈機，石慧紅招曳地，上身是白緞繡錦的對襟夾襖，齊肩膊的敲敬跳抱，變陷結着了一朵大紅花，手持許玫瑰一朵，從樓梯行出，當即靦腆記們爭着向他倆致賀的鬧起鬨來，鎂陰熒熒地向着四面八方奔向他倆的鎂光燈頭，在守候，並且

這一晚小姐們個個都穿着最美麗的服裝到來參與喜事，差不多什麼顏色都有，但是粉紅色和黑色佔最多。穿粉紅色的有容小寬、江樺、費明儀、海嘉等，穿黑色的有夏夢、馮琳、劉戀、周曉峰等。陳娟娟即是穿深灰色的外套。

手挽着手，屑並肩地「出場了」，兩雙滿綴紅花，她瞇着朱唇，俏麗好水銀燈多嬌，把大門前及堆積花旁的證堂上照耀得如同白晝，伉儷首先到場，正在來賓紛紛涌到的時候，樂陰影興已在守候，並且致賀的賀客連道。

宴會一共有二十多桌，新郎新娘坐在正中心的一桌，陪伴齊他們的是一些未婚男女，章偉稱他們做「金童玉女」，他們是張翀、夏夢、陳娟娟、李嬙、毛妹、樂蒂、金嬡、海嘉等。張氷茜等至九時五分，管樂台上響起第一隻舞曲，張燕瑚帶領新人逐席敬酒。了不使客人牌誤佳期。

大家都準備仙倆以茶代酒。「獨眼龍」蘇泰（因露着他的身護還未復原，左眼仍敷着棉紗）手杖拐杖到場，他找到新郎新娘，先來道賀，隨即被捲起人潮中去了。

當下有許多人不約而同的想到了雜技表演，就像在催促他們喜事沒有，有人主張齊倒倒上台打鼓，石慧上台受累，他倆在「小舞臺」中是學過第一個遊請新娘共蹈，這樣算是裝飾了第一個節目：「琴瑟和

一支鐵常被用作談諧技的諧樂曲的音樂，並且朝向平凡，金沙、劉戀、章偉等這樣表演，但是雜技藝員沒在「出場」一樣。他倆在「小舞臺」中是學過第一個遊請新娘共蹈，這樣算是裝飾了

然後跳舞開始，先由一對新人開始，舞池上展開他倆的一變關懷舞影，繼即由賈炎興夏夢，張翀與陳娟娟，郭波與樂蒂等先後走上舞池。一支舞曲過後，第一個遊請新娘共蹈的卻是仙的「丈母娘」。（凌君）

的是金沙，而新郎第一個邀請共蹈

傅奇，原名傅國梁，浙江餘姚人，1929 年生於
遼寧瀋陽，上海長大，入讀上海聖約翰大學土
木工程系，成績優異，20 歲畢業。1952 年加入
長城電影製片有限公司，成為首席小生，與夏
夢、石慧、陳思思「長城三公主」皆有合作，
1954 年 3 月與石慧結為夫婦。

石慧，原名孫慧麗，1934 年南京出生，祖籍浙江
吳興，小時候在上海讀書，學習鋼琴和芭蕾舞，
懂英、法語，與夏夢、陳思思並稱「長城三公
主」。她曾接受聲樂訓練，是一名花腔女高音。
1954 年 3 月與傅奇結婚，育有兩女一子。

第三章

歡樂趣
離別苦

《不要離開我》（1955）

戰爭創傷

《不要離開我》探討的是戰爭帶來的創傷，穆桑青（夏夢飾演）與音樂家丈夫胡敬仁（傅奇飾演）本來是一對相愛的夫妻，育有一名女兒（蕭芳芳飾演），美滿的家庭被戰爭摧毀，敬仁失蹤，桑青聞說他已過世，獨自一人撫養女兒，在一間夜總會當歌女。後來發現桑青患上心臟病，進醫院養病，認識了戰時喪妻的年輕醫生郭樹聲（平凡飾演），兩人開始產生情愫，彼此支持，並決定結婚，過新的生活。可惜命運弄人——敬仁原來未死，桑青見他回來，不堪刺激，導致心臟病發，死在敬仁的懷中。

劇情走文藝片的路線，夏夢戲份吃重，劇情是否讓觀眾覺得真實，端看她能否拿捏恰到好處。

戰爭創傷症的題材，在 1950 年初期的香港，容易引起共鳴。那時候仍有大批難民來港定居，不少人還未完適應新環境，加上經濟條件不佳，心理創傷仍需時間撫平。

此時期金庸所創作的電影劇本，包括《絕代佳人》、《蘭花花》（遲至 1958 年才上映）和《不要離開我》，事實上可以構成「戰爭三部曲」（War Trilogy）。《絕代佳人》主角積極面對，為父報仇，為國犧牲。《蘭花花》男女主角為戲班演員，他們經歷戰爭的磨難，因誤會而分開，最終重新認識藝術的真諦是生活本身。《不要離開我》表現得比較悲觀，戰爭破壞了無數家庭，有人能重新生活，有些人卻無法做到，有時候命運弄人，即使剛建立新家庭，對未來的日子充滿憧憬，但隨時可以變成泡影。

如何撫平歷史傷痛，與眼前的普羅大眾共同建立新的家園，正是 1950 年代初期，不少愛國進步知識分子的關注議題。他們開始懂得透過舉辦大眾娛樂和遊藝節目，鼓勵社會基層人士重新適應環境、建立歸屬感。

國慶與賑災

1953 年中華人民共和國國慶節前夕，即 9 月 30 日下午，「港九工人慶祝第四屆國慶節電影欣賞會」舉辦文藝節目，在國泰戲

《不要離開我》
Never Leave Me
（時裝國語片）

出品公司：
長城電影製片有限公司

上映日期：
1955 年 7 月 14 日

導演：袁仰安

編劇：林歡（即金庸）

製片人：袁仰安

主要演員：
夏夢（飾穆桑青）、
洪亮（飾龔尹吾）、
張錚（飾樂師甲）、
金沙（飾樂師乙）、
張浩（飾樂師丙）、
蕭亮（即蕭芳芳）
（飾胡稚青）、
劉戀（飾姑媽）、
平凡（飾郭樹聲）、
傅奇（飾胡敬仁）

我 開 離 要 不

Causeway Bay Tel. 78721

Commencing
Thursday
12th July 1955

Programme

1. Overture ... ...   Music Supplied by Diamond Music Co.
2. "Never Leave Me." ... ...   A Chinese Picture

Starring

HSIA MOON ● FU CHE

The Story

Peace reigns again in the autumn of 1945 after the conclusion of World War II and finds Mu Sang-tsing a torch singer in a night club, not far away from where she lives. Her song-writing husband Hu Ching-jen has been lost in the war and her efforts to locate him has been fruitless.

In a party commemorating her husband's birthday, Sang-tsing invites Ching-jen's sister and her own daughter Chih-tsing to her apartment. Aroused by misunderstanding, Sang-tsing is being criticized by her flirting around with her male colleagues. Hurt and infuriated, Sang-tsing who has been suffering from a heart attack collapses.

Brought to hospital by the conductor of the band at the night club, a Kung Yin-wu, Sang-tsing keeps murmuring in her semi-consciousness, repeating the very words she has previously said to her husband at the time of their parting: "Never Leave Me!" The scene touches her attending doctor, Kwok Shu-sheng, who soon takes a deep interest in her. Against the counsel of Dr. Kwok, Sang-tsing is obliged to continue to work at the night club because she has to earn a living and to support her daughter.

A former intimate friend of her husband's, Wang Wei-kuo suddenly appears at Sang-tsing's apartment one night and relates how he and Ching-jen spend their ordeal together in the prison. When taken away from the prison, Ching-jen reckons it will be his end so he entrusts his last piece of work, a song entitled "Never Leave Me!" to Wei-kuo to be brought back to his beloved wife. This instantly recalls her good, old days with her husband, and

在紐約戲院派發的《不要離開我》戲橋，連英文本事，也印有當時電影戲票的價錢。

院放映了 1952 年王家乙執導電影《葡萄熟了的時候》。同期，香港當時最大規模的粵語電影業界人士組織「華南電影工作者聯合會」，也舉辦了體育聯歡大會。另外，港九工商界安排在 10 月 1 日上午 11 時，在西環廣州酒家舉辦慶祝一九五三年國慶節大會，由長城演員夏夢、石慧、傅奇等表演歌舞，女高音費明儀（名導演費穆女兒，《大公報》費彝民姪女）表演獨唱。

國慶活動標誌着在香港的愛國進步國粵語片從業人員積極接觸本港基層人士，不少是來自內地的難民。

1953 年 12 月 25 日聖誕節晚上 9 時 25 分，在大批內地難民聚居的石硤尾木屋區，有人在燃點火水燈時棉被不慎着火，火勢蔓延石硤尾六村，造成三人死亡，51 人受傷，58,000 人無家可歸。社會大眾發起賑災行動，1954 年 2 月 17 日晚上 9 時 30 分，長城電影製片有限公司全體演員出動，在娛樂戲院義演籌款賑災，表演合唱、跳舞等節目，當晚金庸也在場，並以「姚嘉衣」及「林歡」等筆名寫了幾篇報道文章。

此次賑災活動和平進行，與 1951 年 11 月東頭村大火後引發的社會動盪，形成強烈對比。

1954 年 5 月 14 日，《不要離開我》進行開鏡儀式，女主角夏夢手持劇本，正在研讀，編劇林歡（金庸）站在她旁邊向她講解角色的特點，攝影師拍下了這張經典照片。

華南電影工作者聯合會

成立於 1949 年 3 月 27 日，最初名為「華南電影工作者聯誼會」。當時 40 多位進步思想的粵語片從業員在黃曼梨家中聚會，希望建立一個保障行業人士利益的行業聯會，因此由蘇怡、李化、吳楚帆、莫康時、盧敦等 25 人建立籌委會。後來國語電影界人士逐步加入，包括不少來自長城電影製片有限公司的導演和演員，例如李萍倩、夏夢、傅奇和石慧等，他們積極參與，擔任會長和理事長等職務。

1954 年 2 月 17 日，長城電影製片有限公司全體總動員，在娛樂戲院義演賑
災。站在右邊第三排第三人，身穿深色西裝國字面者有可能是金庸。

1954 年 8 月，《長城畫報》第 42 期罕有地使用非國語電影女星容小意作為封面。容小意（1919-1974）和姐姐容玉意，廣東中山人，兩人早年在上海是歌舞劇團成員，擅長舞蹈。1941 年容小意與演員李清（1912-2000）結婚，育有一子兩女。容小意和李清，國粵語皆流利，因此同國語電影界人士相熟。1954 年 2 月 17 日，夫婦兩人皆有參加長城電影製片有限公司舉辦的賑災義演，容小意更表演已十五年沒有表演過的踢躂舞。1958 年，容小意成為銀幕上第一位扮演黃蓉的演員。

第四十二期　報畫城長

1954 年 5 月 14 日，金庸和夏夢攝於長城片場 A 棚，《不要離開我》準備開鏡。

《三戀》（1956）

《三戀》的故事架構可能來自 1953 年美國美高梅電影公司出品的《人海情潮》（*The Story of Three Loves*），英文直譯就是「三戀故事」。1953 年 6 月 14 日和 15 日，金庸曾以筆名「蕭子嘉」分上下兩期寫過相關影話，發表在《大公報》「每日影談」欄目，並表示將一部電影分開三個故事單元的敘事方式，以前可能沒有人用過。

《三戀》的編寫工作，大概是 1955 年左右，那時候金庸剛開始連載他的第一部武俠小說《書劍恩仇錄》。

《人海情潮》講述在郵輪上二男一女三位陌生人分享自己的戀愛故事，第一個故事講一名患有心臟病的女子，巧遇芭蕾夢編舞家男主角，後者見到她是可造之才，執意要她跟他學芭蕾舞，女子也隱瞞自己的身體狀況，最終在完成一次完美的表演後，回到家後病逝。這個情節不禁讓人想起了《不要離開我》中夏夢心臟病發的悲劇結局，不知是否金庸有心或無意借用。其餘兩個故事由一位法籍女教師和一位馬戲班空中飛人說出來。

悲劇、鬧劇、喜劇

《三戀》的故事也是由三個沒有關係的戀愛故事串連而成——一個悲劇、一個鬧劇、一個喜劇。電影用了《人海情潮》的敘事結構，兩位男士在一間酒店的酒吧裏相遇，其中一人是一位詩人殷兆宗（鮑方飾演，鮑方即女演員鮑起靜的父親），他喝了很多酒，借着醉意和另外一人（傅奇飾演）開始爭執起來，他打破了手中的玻璃瓶，想與那位男士打架。這時候，男侍應生（喬莊飾演）過來勸架。詩人痛哭起來，他回憶起一件傷痛往事。

那是 1946 年，詩人被一位女子欺騙了感情，為了治療情傷，他往郊外（元朗取景拍攝）散心，划着一條小船，往湖心的方向進發。那時候，他見不遠處有另一條小船停在湖心，船上有一位女孩在哭泣（毛妹飾演，當時只有 13 歲，是女拔萃學生）。他好奇地把船靠近，上了對方的船，並詢問發生了什麼事情。他正想安慰女孩的時候，女孩忽然驚慌起來，咬了他的手背一下，然後跳

《三戀》
The Three Loves
（時裝國語片）

出品公司：
長城電影製片有限公司

上映日期：
1956 年 9 月 18 日

導演：李萍倩

編劇：林歡（即金庸）

製片人：袁仰安

主要演員：
鮑方（飾殷兆宗）、
毛妹（飾艾婉華）、
傅奇（飾虞百城）、
張冰茜（飾陸雪）、
樂蒂（飾李露茜）、
朱莉（即朱立）
（飾張曼莉）、
喬莊（飾俞傳寧）、
夏夢（飾白伊雯）、
王臻（飾王小姐）

鮑 方

鮑方（1922-2006），原名鮑繼煥，生於江西南昌市一個富裕家庭，1941年考入廣西大學法律系，抗戰期間學業停頓，參與宣傳抗日話劇的演出，1947年大學畢業，翌年來港。首次參演的電影是永華電影公司創業作《國魂》（國語），後加盟長城電影製片有限公司。1980年代初期加入電視廣播有限公司（TVB），期間多次飾演金庸小說改編電視劇的角色，包括1986年《倚天屠龍記》中的張三丰、1996年《笑傲江湖》中的風清揚、1998年《鹿鼎記》中的洪教主等。

鮑方一家多人從事演藝工作，妻子劉甦是話劇演員，女兒鮑起靜是香港電影金像獎最佳女主角得主，女婿方平是電影演員和導演，兒子鮑德熹（鮑起鳴）是電影攝影師、奧斯卡最佳攝影獎得主。

進湖中（按：《倚天屠龍記》張無忌被喜歡他的女孩咬手背的橋段在這裏已出現！）。

女孩原來水性極佳（毛妹泳術一流），她告訴詩人，她叫艾婉華，父母雙亡，由舅舅撫養，但舅舅經常喝醉酒罵她。事實上，舅舅只是暫時代為管理父母的房產，待她成年後就會歸還給她。

婉華喜歡跳芭蕾舞，赤腳在草地上跳舞，嘴邊唱着《孩子的委屈》（林歡填詞），有無限的精力：

小鳥飛東飛西，沒人罵它淘氣，小花開在野外，沒人說它不乖，我要多玩一會，就說我不聽話。

偏不許我赤腳，貓兒可不穿鞋，天冷不許游水，鴨子幹嗎不怕？大人愛騙孩子，當我不知道嗎？

經歷一段快樂相處的日子，艾婉華喜歡上了詩人，決定離家出走，與他同住。詩人因此做了她的監護人。

有一天，她向詩人表白，希望長大後嫁給他，詩人點頭答應先訂婚。

但是，詩人天性多疑，有一次發現婉華偷偷地藏着一些信件，不讓他看，他便趁女孩返校表演跳舞時，偷看信中內容，原來都是一位男孩寫的情信，信上沒有署名。詩人看後妒火中燒，喝了很多酒。婉華回家後，

表 2　金庸以筆名林歡為電影歌曲填詞作品[1]

上映日期	片名	電影歌曲	作曲
1955.7.14	不要離開我	不要離開我（張露演唱） 門邊一樹碧桃花（張露演唱）	草田 于粦
1955.8.12	少女的煩惱	女兒心 妳為什麼要生氣	于粦 草田
1956.9.18	三戀	孩子的委屈（毛妹演唱） 問你一問（夏夢演唱）	草田 草田
1957.2.5	鸞鳳和鳴	天上龍配龍	草田
1957.4.18	小鴿子姑娘	割稻歌 越窮越是骨頭硬 懶惰的老爺來做夢 財主與怪鳥 清潔整齊歌 人好不怕家裏窮 大平與鄉親 黑黑的泥土是寶貝 猜謎歌（已創作，但未在電影中使用） 　　（石慧等演唱）	于成中、草田、于粦
1957.7.18	鳴鳳	苦情歌 梅心曲 上轎歌 一隻甲蟲爬上山	草田 草田 于粦 草田
1958.11.6	有女懷春	從前有個小傻瓜	草田
1959.9.10	午夜琴聲	想發財	于粦
1960.11.17	名醫與紅伶	門邊一樹碧桃花	于粦

1　除了《名醫與紅伶》由新新電影企業有限公司出品，其餘皆為長城電影製片有限公司出品的電影。

毛妹美麗的芭蕾舞舞姿。《不要離開我》是毛妹客串演出的電影，13 歲時拍攝第二部電影《三戀》時已是「女一」，演技已非常老練，並展現舞蹈天賦，其後多部參演的電影都會加插芭蕾舞元素。

他就不問青紅皂白，指責對方不忠，還拿着打破了的酒瓶指着女孩。

女孩最憎恨的，就是喝醉酒的男人，她傷心欲絕，離開了詩人的家，從此沒有回去。

詩人醉醒後，婉華的同學來拜訪，她告訴詩人，這些情信都是她男朋友寫給她的，只是讓婉華保管罷了。詩人知道鑄成大錯，一切已經太遲。

鏡頭回到酒吧，坐在詩人對面的男人（傅奇飾演）也開始回憶他的慘痛愛情經歷。他叫虞百城，曾經是一名花花公子，他一腳踏三船，與三位美麗的女士談戀愛，她們各有千秋，都是他深愛的女人，但是他始終無法決定娶哪一位。直到某一天，三位女士發現了他一腳踏三船，她們不約而同離他而去。

侍應聽完兩人的故事後，表示自己也有一個故事可以分享。

侍應原本是一名畫家，他認識了租住隔壁房間的美麗女子（夏夢飾演），她是教人唱女高音的老師。兩人開始愛上對方，也逐漸明白到，要維繫這段感情，不能太理想，要顧及柴米油鹽，他們最終放棄了繪畫和音樂，一個在酒店做侍應，另一個在酒店的廚房工作，雖然薪金微薄，但他們卻很享受這樣的愛情生活。

情與義的演繹

金庸的《三戀》，表面上是一種對知識分子、中產花花公子和虛無藝術家的批判，完全符合愛國進步電影公司的意識形態要求，但 1956 年 9 月 19 日，金庸署名「姚嘉衣」發表的「影談」專欄文章〈有趣的異想天開——談《三戀》〉，就表示創作動機純粹是為了給觀眾「意想不到」的情節。他告訴讀者，編劇告訴他原本想把電影叫做《公元二千年》，讓三位男主角在未來見面，談到四十多年前發生的事情——一個是悲劇，一個是鬧劇，一個是喜劇。

但我覺得影評人「姚嘉衣」的文章並不老實。《三戀》在人物描寫上，有更深刻的一面。金庸所謂的「異想天開」，明顯不是源於事態發展的巧合那麼簡單，而是由於男主角性格缺陷所致，因此看得透的觀眾，會進一步思考人性複雜的內心世界。

從三位男主角中，我們看到人性中的衝動、自卑、猜疑、自怨自艾、優柔寡斷等性格特質。假設這些性格缺點並非出現在三位卑微現代人的身上，而是出現在武功高強的大俠身上呢？ ——郭靖的迂腐、黃蓉的猜疑、楊過的自卑、張無忌的優柔寡斷——金庸塑造了最讓人難忘的角色，其實都不是完美無瑕的聖人，反而是有血有肉有缺陷有遺憾的人。

毛妹，原名袁經綿，1942年上海出生，長城電影製片有限公司總經理袁仰安次女。夏夢入行也是經毛妹介紹。雖然毛妹不是「長城三公主」之一，但在氣質上不輸她們，而且精通芭蕾舞，後來往英國深造，成為非常出色的芭蕾舞家，並建立自己的芭蕾舞學校。毛妹1963年嫁給廖本懷，廖曾出任香港政務司，是首位出任該職的華人。

金庸有一段時間和毛妹一同學習芭蕾舞，因此喜歡叫毛妹做「小師妹」。

2004年，毛妹的芭蕾舞學校慶祝創校40周年，金庸寫了以下紀念文字：

毛妹小師妹　存念

　　記得當時年紀小

　　同窗共校學舞蹈

　　老師從嚴教　練功苦難熬

　　心頭溫馨伴到老

　　攜手舞一曲

　　轉幾個圈子不摔交

祝賀毛妹舞校四十周年

　　　　　大師兄　金庸　題

大膽地總結一句，如果金庸的武俠小說只有「武」和「俠」而沒有「情」和「義」，其成就一定大打折扣。在金庸編寫的電影劇本中，主人公無論處於戰火烽煙的時代（《絕代佳人》、《蘭花花》及《不要離開我》）還是太平盛世（《三戀》），都要面對成長挑戰和感情糾葛，從而活出真我。

　　這讓我想起金庸喜歡的那幅對聯：

偏多熱血偏多骨
不悔情真不悔癡

喬莊（1934-2008），本名喬木（同喬冠華的筆名一樣），上海人，畢業於上海美術專科學校，主修油畫，在《三戀》中飾演酒店侍應生和畫家。他樣貌英俊，富文藝氣色，在影圈緋聞不斷（部分屬宣傳伎倆），離開長城後轉投邵氏等機構，後在台灣地區拍戲期間認識某女學生，在女方家長要求下，他婚後息影從商，情況與《三戀》中畫家放棄藝術過平淡婚姻生活的電影情節有點相似。

童話片與懸疑片

《小鴿子姑娘》（1957）

　　《小鴿子姑娘》大概是金庸 1956 年的編劇作品，屬於金庸在長城電影製片有限公司後期的作品，主要特徵是注入更多「異想天開」的情節和喜劇元素，可能和金庸此時的心境不無關係。

　　自 1955 年 2 月 8 日《書劍恩仇錄》在《新晚報》開始連載，金庸的武俠小說受到讀者追捧，「金庸」幾乎一夜成名。他繼續寫影話，做一些翻譯工作，但他小說創作所帶來的成功，加上 1956 年 5 月 1 日與《大公報》記者朱玫（原名朱梅，1935-1998）結婚，重新建立家庭，個人生活轉變對他電影劇本的創作帶來風格上的轉變。早期電影劇本中恆常出現的悲劇元素，已不復見。

　　《小鴿子姑娘》是一個發生在古代中國的童話故事，雖然也談到「階級鬥爭」，但整體調子偏向輕鬆幽默。某村落愛財如命的大財主錢老爺（姜明飾演），經常帶着賬房工人老孫和一隻怪鳥橫徵暴斂，搜刮民財，弄得民不聊生。這個角色就是典型的地主惡霸，但又不禁讓人想起金庸小時候閱讀的《聖誕述異》一書中，老年的守財奴史古魯奇。

　　某天，鄉民大平（傅奇飾演）救回受傷的鴿子，小鴿子化身美麗姑娘（石慧飾演），用羽毛變成一隻鋤頭，鋤頭有魔法，可以幫助大平和村民變出各種生活所需。

　　錢老爺知道大平得到法寶後，便用手段騙了回來。但他無論如何就是使用不出法力，他一怒之下就把鋤頭燒了。這間接害死小鴿子，大平悲痛落淚，淚水滴在小鴿子身上，讓她復活。

　　小鴿子再助大平應付錢老爺的刁難，大平大獲全勝，村民終可安居樂業。

《午夜琴聲》（1959）

　　《午夜琴聲》的劇情講述一個懸疑的兇殺案，與《小鴿子姑娘》相仿，同樣以喜劇的調子探討人性的貪婪。

　　藥劑師何希陶（平凡飾演）日夜不停進行藥物研發工作，希望發明一種減肥藥，目

《小鴿子姑娘》
The Fairy Dove
（古裝國語片）

出品公司：長城電影製片有限公司

上映日期：1957 年 4 月 18 日

導演：程步高

編劇：林歡（即金庸）

製片人：呂鈞

主要演員：
傅奇（飾大平）、石慧（飾小鴿子姑娘）、姜明（飾錢老爺）、
金沙（飾趙老爹）、王季平（飾老孫）、孫芷君（飾吳老漢）

《小鴿子姑娘》在報章上的廣告。

《小鴿子姑娘》在馬來亞霹靂州安順首都大戲院上映時派發的戲橋，印刷精美，
並加上英文故事簡介。

《午夜琴聲》
One Million for Me
（時裝國語片）

出品公司：
長城電影製片有限公司

上映日期：
1959 年 9 月 10 日

導演：胡小峰

編劇：林歡（即金庸）

製片人：沈天蔭

主要演員：
平凡（飾何希陶）、
花碧霞（飾張太太）、
余婉菲（飾張小咪）、
陳思思（飾葉紹英）、
張錚（飾陸毅）

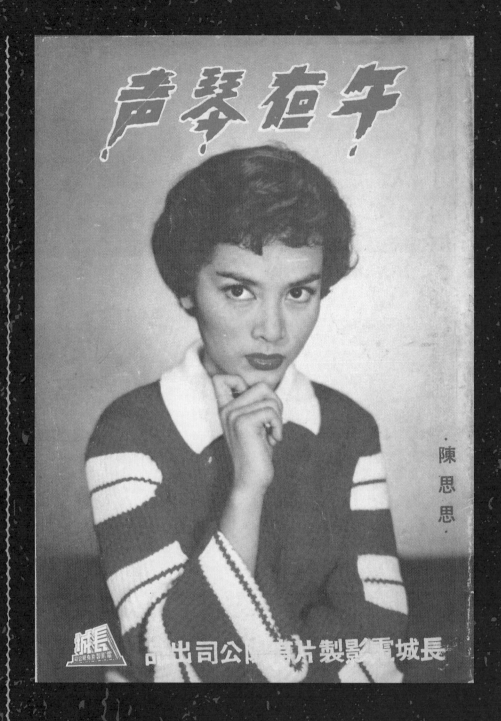

陳思思

的原來只是為了發財（金庸入鄉隨俗，「發財夢」對香港觀眾都是比較吸引的題材）。一天與好友陸毅（張錚飾演）一同買馬票，居然中了頭獎，為了獨吞 100 萬元的彩金，他決定毒害朋友陸毅。與毅志趣相投的藥房收銀員葉紹英（陳思思飾演）見事有可疑，鍥而不捨地追查下去。

何希陶慌忙掩飾惡行，毅卻於此時死而復生⋯⋯陶驚醒過來，原來只是一場噩夢。

《午夜琴聲》1959 年 9 月 10 日在香港首映當日的戲票，以及當日派發的戲橋，60 多年前的紙片留到今天，非常難得。

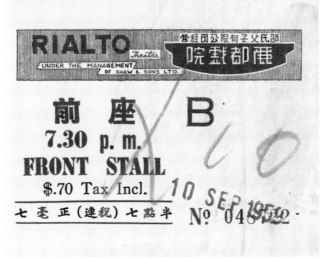

林歡導演作品

《有女懷春》（1958）

《有女懷春》一片取材自英國作家珍·奧斯汀（Jane Austen）經典小說《傲慢與偏見》（*Pride and Prejudice*）。1986 年金庸獲香港大學頒發榮譽博士學位時，介紹他生平的 Francis Charles Timothy Moore 教授特別提及金庸全職加入長城電影製片有限公司後，編導《有女懷春》一片，原著講述一位有主見年輕女士的故事。[1]

貝家五位千金，其中三位情竇初開，各有感情煩惱：大女貝珍（張冰茜飾演）愛上書呆子平克萊（關山飾演），萊卻無膽求婚。三女貝霞則愛上阿飛，險被欺騙感情。二女貝莉（陳思思飾演）性格倔強，偏偏遇上崇尚男權的工程師戴綏成（傅奇飾演），兩人有如歡喜冤家，幸終能結成佳偶。

這裏值得一提的是，作為金庸唯一一部自編自導的電影，《有女懷春》有沒有特別的創作動機？

這部電影過往幾乎沒有獲太大關注，但讀者如果記性好的話，或許會記得本書第二章曾提到金庸在《大公報》時代認識一位叫楊剛的女士，1935 年，她署名楊繽，首次將《傲慢與偏見》翻譯成中文出版。

新中國成立前後，楊剛受到周恩來總理的重用，在國際統戰和外交博弈上都取得很好的成績。楊剛的外語能力和辦事效率，讓人讚嘆佩服，在維護國家利益上，作出很大貢獻，這份亮麗的履歷表，大概也是年輕金庸曾夢寐以求的。

很可惜，1955 年楊剛經歷了一次車禍後，腦震盪帶來的後遺症，或許是她早逝的原因之一。

1957 年，內地經歷反右運動，楊剛捲入其中，她負責對文化界舊識進行批判。同年 10 月 7 日，楊剛服用過量安眠藥自殺，享年 52 歲。死前兩天，她曾主持對女作家

---

1 英文原文是：In 1958, he wrote and directed the film: *Pride and Prejudice*, an adaptation to Hong Kong society of Jane Austen's splendid story of a free-thinking young woman.

《有女懷春》
The Nature of Spring
（時裝國語片）

出品公司：
長城電影製片有限公司

上映日期：
1958 年 11 月 6 日

導演：
程步高、林歡（即金庸）

編劇：林歡（即金庸）

製片人：沈天蔭

主要演員：
陳思思（飾貝莉）、
傅奇（飾戴綏成）、
張冰茜（飾貝珍）、
關山（飾平克萊）、
龔秋霞（飾貝太太）、
洪虹（飾三女貝霞）、
王葆真（飾貝曼）、
張錚（飾韋漢）

丁玲（1904-1986）等人的批鬥大會，而在自殺前的那個晚上，更寫了一篇批判學弟蕭乾的文章準備刊登，但文章在校對時，被她叫停不要發表。

楊剛和她那一代知識分子所遭遇的不幸，相信給金庸帶來多少唏噓。

《有女懷春》劇本大概在 1957 年末、1958 年初這段時間編寫，與楊剛之死，是否有點關係？或者，只是完全巧合？如果沒有確鑿證據，很難斷言。

所幸金庸自己居然留下了蛛絲馬跡！

1958 年 11 月 11 日，金庸在《大公報》「三劍樓隨筆」專欄發表〈《傲慢與偏見》〉一文，終於解答了以上問題。

昨晚，一位報界的前輩約我和幾個朋友一起吃海鮮，席間談到了張恨水、陳慎言、鄭振鐸等許多人物，後來有人提到了楊剛。

飯後和幾位朋友同去看了喜劇片《有女懷春》。這部影片的故事與人物取材於英國女小說家珍·奧斯汀的名作《傲慢與偏見》，我說是「取材」而不是「改編」，因為主要的輪廓與結構大致相同，但為了香港化與電影化，影片裏的素材與情節，卻完全不同了。

《傲慢與偏見》這部小說最先譯成中文的，就是楊剛。翻譯這書時她還在燕京大學唸書。書是商務出版的，書上譯者的名字署的是「楊繽」。我最初讀到這部名作，就是通過了這個譯本。文學批判家們說奧斯汀的最大優點之一，是文筆的優美流暢，使人讀得不忍捨手。她小說中並沒有什麼重大的情節、沒有使人驚心動魄的事件，也沒有激烈的感情，但讀者們一頁頁的讀下去，始終被她吸引着。楊剛的譯本也正保持了這方面的優點。或許，一位女作家細膩的心情，由另一個女人來傳譯卻是最為適當的。

《王老虎搶親》（1961）

無獨有偶，金庸導演的兩部電影都是婚姻喜劇，分別是 1958 年的《有女懷春》和 1961 年的《王老虎搶親》。而作為金庸告別電影圈的最後一部作品，《王老虎搶親》同他首部編劇作品《絕代佳人》一樣，也是由夏夢擔綱演出。

在《王老虎搶親》一片中，夏夢反串男裝，但又在劇中假扮女子，男生造型俊俏，女士造型嬌媚，讓人目不暇給。

故事講述杭州才子周文賓（夏夢反串飾演），才貌出眾，揚言能男扮女裝而無破綻。文賓好友祝枝山不信，二人立下賭約。

文賓於元宵夜喬裝女子遊賽月台，祝枝山果然無法辨認，正要服輸之際，遇上兵部尚書之子王天豹出遊，他對文賓的樣貌驚為天人，強搶回家成親，文賓費盡唇舌，才說服天豹把婚事延至翌日。

天豹為免文賓出走，着文賓和其妹秀

《玉老虎搶親》
Bride Hunter
（古裝越劇歌舞片）

出品公司：
長城電影製片有限公司

上映日期：
1961 年 3 月 1 日

導演：
胡小峰、林歡（即金庸）

編劇：許莘

製片人：康年

主要演員：
夏夢（飾周文賓）、
馮琳（飾祝枝山）、
何雪玲（飾琴僮）、
洪虹（飾少女）、
余婉菲（飾王老虎）、
李嬙（飾王秀英）

"BRIDE HUNTER"

《王老虎搶親》戲橋。

「王老虎搶親」本事

江南才子周文賓，在花園裡欣待來自蘇州的好友祝枝山，文賓微醉。琴僮告祝：相公固有周美人之號，祝訝詢之，周狀似女子，祝見而窃笑。琴僮告祝：相公固有周美人之號，故爾得此外號。祝不信，指男扮女裝，相會於賽台上。周女裝而往，豈能亂眞？乃與周打賭，約定元宵親燈，以爲十全九穩。是夜，祝手攜放大鏡，徘徊賽月台，遍尋周女人周文賓。東張西望，一錯再錯，並故意與祝交談，祝始知近前，擠立於人叢中，暗暗失笑，文賓爲之失笑之親，如被祝認出，輸東道銀一百両，祝大樂，

且央其幫忙指認，文賓爲之失笑，果然不虛。

是荷書之子王天豹，混名王老虎，樂元宵燈會，率領家人出外搶美人，文賓狀，怒而干涉，王老虎一見，驚爲仙女下凡，雌雄莫辨，加以戲弄，天豹大喜，欲與文賓逸夜成親，文賓懼天豹釋放，天豹不肯，逼文賓至妹妹秀英閏房，寄宿一宵，準備翌日拜堂

人，文暗狀，怒而干涉，王老虎一見，驚爲仙女下凡，雌雄莫辨，加以戲弄，天豹大喜，簧之舌，以賞天豹釋放，天豹不肯，逼文賓人認回家去。文賓悵天豹強兇顯道，蓋將錯就錯，加以戲弄，至妹妹秀英閏房，寄宿一宵，準備翌日拜堂

判局印務公司承印　登龍街卅六號　電話七〇九七一

英共宿。文賓、秀英本互相傾慕，文賓曾提親，卻為天豹阻撓，二人遂將計就計，天豹及其母礙於家聲，被迫答允二人婚事。文賓因禍得福，贏得美人歸。

《王老虎搶親》安排在 1961 年 3 月 1 日元宵佳節上映，與金庸武俠小說改編電影《鴛鴦刀（上集）》，碰巧在同一天上映，的確是好事成雙。

從 1955 年至 1958 年年底，金庸仍然為長城電影製片有限公司創作了《小鴿子姑娘》、《午夜琴聲》、《有女懷春》等劇本；同時期先後為《新晚報》及《香港商報》連載武俠小說《書劍恩仇錄》、《碧血劍》和《射鵰英雄傳》；為《大公報》寫影話的頻率也逐步下降，從 1953 年的 224 篇、1954 年的 182 篇、1955 年的 135 篇、1956 年的 64 篇，到 1957 年的 16 篇（根據研究金庸影評的學者吳東陽的統計）。1958 年年底，金庸正式離開工作多年的《大公報》，並在長城擔任專職編導，這就讓他留下了兩部與他人合導的電影《有女懷春》和《王老虎搶親》。

然而，1959 年 2 月與舊同學創辦《明報》後，最終在無法兼顧電影工作和辦報兩者之下，選擇全面離開長城，但金庸的電影歲月卻未曾就此告一段落。

第四章

俠之大者
為國為民

羅孚與新派武俠小說的誕生（1954）

1950 年代中期在香港誕生的新派武俠小說，以梁羽生和金庸為開山鼻祖，一般都解釋為偶發事件——1953 年秋，兩位分別居於香港和澳門的拳師太極派吳公儀（1898-1970）和白鶴派陳克夫（1918-2013）在報章上表示想與對方「研究」武術，觸發兩人相約 1954 年 1 月 17 日在澳門新花園比武，並簽下生死狀。

《新晚報》總編輯羅孚（原名羅承勳，1921-2014）眼見「吳陳比武」轟動港澳，遂叫報館編輯陳文統（即梁羽生，1924-2009）盡快開始寫一篇武俠小說。三天後的 1 月 20 日，《龍虎鬥京華》開始連載，小說文筆清新，無論在人物刻劃還是情節佈局上，兼採舊式章回小說和現代文學作品之長，「武俠」與「情義」齊備，產生了嶄新的閱讀經驗，極受讀者歡迎，令《新晚報》銷量大增。這類風格的武俠小說，後來被稱為「新派武俠小說」。

1955 年初，梁羽生因太忙趕不及在《新晚報》為新一部武俠小說動筆，因此羅孚又叫報館另一編輯查良鏞幫忙寫武俠小說。2月 8 日，查以筆名金庸開始連載《書劍恩仇錄》，一夜成名。

上面描述的「吳陳比武」和「羅孚催生說」，毫無疑問是金、梁兩人開始寫武俠小說的「近因」。但孕育新派武俠小說的「遠因」或歷史背景，如能稍作疏理分析，對了解金庸武俠小說誕生的社會文化意義，相信更為重要。

南下武術家和「吳陳比武」

首先，1930 年代末抗戰初期，以及 1950 年代戰後初期，南下香港「猛人」如雲，無論在文化界或武術界，蕞爾香港匯聚了不少菁英人物。

在武術界，吳、陳兩人皆於抗戰期間已來港發展。吳公儀乃吳家太極拳宗師吳鑑泉長子，生於河北大興縣（今北京市區），1937 年來港前曾在上海精武體育會、黃埔軍校、中山大學體育系任教習和講師。陳克夫祖籍台山，生於澳洲，幼年時回國入讀廣州體育學校和培正分校，師從白鶴派鄺本

夫，兼學西洋拳擊，抗戰期間在香港國民大學任體育及拳術教師。1952年，陳在澳門創立泰山健身學院。

在精武體育會等的推廣下，民初開始，不少武術界人士都將「武術」提升到「國術」的層次，認為武術是強身健魄及保家衛國的基礎，帶有強烈的社會責任感和愛國主義。另外，在實踐方面，習武也逐步朝體育化方向發展，「武館」被賦予「健身學院」等現代的名稱。

起初不少人聽聞吳、陳兩人簽生死狀，覺得比賽屬野蠻行為，引起反對聲音。精武體育會的創辦人之一陳公哲（1890-1961）於1954年1月8日去信吳、陳兩位師傅，勸說他們放棄比賽。1月12日又用英文寫信給《南華早報》體育版編輯，表達反對「吳陳比武」；同日又致函澳門總督，表明反對立場。

最終，雖然武術比賽在香港並不合法，無法舉辦，但澳門政府在何賢（1908-1983）（澳門特別行政區第一至二屆行政長官何厚鏵的父親）及多位富商的遊說下，最終允許比賽。舉辦者表示，拳賽屬慈善性質，比賽前又安排香港八和會館多名老倌獻唱，為1953年底香港石硤尾大火賑災籌款，並為澳門鏡湖醫院和同善堂籌募經費。

《大公報》系知識分子

在文化界，從上海、廣州、重慶等城市南下香港的資本家和文化菁英，對香港抗日戰爭期間及戰後的文化發展，起了舉足輕重的影響。1937年年底，隨着上海淪陷，租界成為「孤島」，在日本侵略者的監控下，文學與電影繼續尋找生存空間，同時有一批南下香港的文化人，包括許地山、葉靈鳳、戴望舒等，在香港教育及新聞界注入新動力。二戰後的國共內戰，造成內地政局不穩，香港又迎來另一批南下文化人，包括羅孚、金庸和梁羽生等。兩批文化人都有一個特質，即無論政治背景為何，都繼承了「五四運動」反封建精神，心繫祖國，以開化民智和推動民族復興為己任。

南下文化人中，有一批愛國進步知識分子，與《大公報》有極大淵源。在1950至1960年代的港版《大公報》，出了學貫中西的「十大才子」，包括李俠文、李宗瀛、羅孚、金庸、梁羽生、陳凡（百劍堂主）、高朗、趙澤隆等。他們的文章向讀者推介優秀的中西文化，也示範如何將現代漢語表達得簡潔洗鍊，對傳統中國文化的現代轉化，作出重大貢獻。

《新晚報》的創辦

新派武俠小說誕生的第二個「遠因」，與《新晚報》的創辦有關。

1950年6月25日爆發朝鮮戰爭，同年10月25日中國人民志願軍參戰，當時港版《大公報》可以在內地武漢等地公開發行，

1954年4月，吳、陳比武結束後，精武體育會創辦人陳公哲出版《精武觀中之吳陳比武》，輯錄與比賽始末相關的文獻資料。

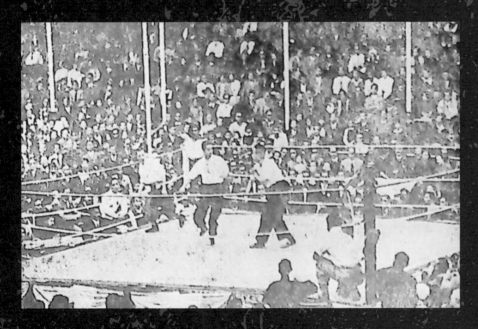

1955年1月17日下午「吳陳比武」現場，擂台搭建在新花園泳池之上，中央左邊為陳克夫，右邊為吳公儀。當日邀得澳門總督史伯泰（Joaquim Marques Esparteiro）及夫人為嘉賓，夫人剪綵，澳門富商何賢為大會主持和總評判，香港電影明星張瑛任司儀，觀眾10萬人，籌得善款27萬元。

「吳陳比武」於下午4時
15分開始,原擬五個
回合,每回合五分鐘,
屬自由搏擊,但不准腳
踢。在第一回合,吳公
儀(左)擊中陳克夫
(右)鼻樑,頓時血流
如注。陳止血後繼續第
二回合,雙方都加強攻
勢,開始起腳,裁判決
定叫停賽事,商議後宣
佈在「不勝、不和、不
負」下停賽。

表 3　南下香港的《大公報》系知識分子

來港前工作地點	南下知識分子	來港前任職機構及職位	來港後任職機構及職位	最終留港／離港
上海	查良鏞（金庸）（1924-2018）	上海《大公報》國際電訊翻譯	1948 年香港《大公報》翻譯、國際版編輯；《新晚報》翻譯及副刊編輯；1953 年 4 月任《大公報》副刊《大公園》主編，至 1958 年年底	留港
	胡政之（1889-1949）	上海《大公報》	決定及領導香港《大公報》復刊工作	離港；1948 年病重回上海，1949 年 4 月病逝
	楊歷樵（1896？-？）	上海《大公報》翻譯主任，精通英、日、俄文，金庸入上海《大公報》時的入職考試由他擬定	1948 年參與香港《大公報》復刊工作	？
	費彝民（1908-1988）	上海《大公報》副經理兼社評委員；廣州嶺南大學董事	1948 年參與香港《大公報》復刊工作，任經理，1952 年起任社長	留港
	李純青（1908-1990）	上海《大公報》日文翻譯，抗戰期間來港任香港《大公報》專欄作家；1946 年回上海《大公報》主持社評，任副總編輯	1948 年參與香港《大公報》復刊工作	離港；1949 年往天津，任《進步日報》副總編輯
	李俠文（1914-2010）	上海《大公報》社評委員	1948 年參與香港《大公報》復刊工作，負責編輯業務，1949 任總編輯，後兼任副社長，1988 年任董事長	留港；1993 年定居加拿大
	李宗瀛（？-1997）	上海《大公報》採訪主任	1948 年參與香港《大公報》復刊工作，歷任編輯、副編輯主任、英文版總編輯等	留港
	周榆瑞（1917-1980）	上海《大公報》駐南京外交記者	1949 年《大公報》、《新晚報》翻譯	離港；1952-1957 年在內地；1961 年離開香港移居英國
	黃永玉（1924-2023）	上海私立閔行中學教師；表叔為作家沈從文	1948 年《大公報》美術編輯	離港後返港；1953 年返回內地，1988 年返港定居

（續上表）

來港前工作地點	南下知識分子	來港前任職機構及職位	來港後任職機構及職位	最終留港 / 離港
天津	馬廷棟 （1914-2003）	天津《大公報》副編輯主任	1948年參與香港《大公報》復刊工作，歷任副經理兼編輯主任、經理、副總編輯、副社長等	留港
	譚文瑞 （1922-2014）	天津《大公報》	1948年參與香港《大公報》復刊工作	離港；1950年《人民日報》國際新聞編輯，後升至總編輯
重慶	楊剛 （1905-1957）	1939年夏任香港《大公報》文藝副刊主編；1944年重慶《大公報》駐美特派員	1948年9月香港《大公報》社評委員	離港；1948年10月促成《大公報》總編輯王芸生轉向中共；改組天津《大公報》為《進步日報》，任副總編輯
	羅孚 （1921-2014）	桂林及重慶《大公報》	香港《大公報》副總編輯、《新晚報》總編輯	留港；1983-1993年在內地，其後返港
成都	劉芃如 （1921-1962）	四川大學外語系講師	1949年任職《大公報》國際版編輯，1950年任《新晚報》要聞版編輯及翻譯，後轉任英文雜誌《東方地平線》（Eastern Horizon）主編	留港
廣州	陳凡 （百劍堂主） （1915-1997）	《大公報》廣州辦事處主任	1949年香港《大公報》編輯、歷任副主任、副總編輯	留港
	陳文統 （梁羽生） （1924-2009）	廣州嶺南大學經濟系學生；研究太平天國歷史學者簡又文的徒弟	1949年香港《大公報》翻譯、副刊助理編輯、1950年副刊編輯；1953年3月《新晚報》副刊《下午茶座》編輯，後兼任小說版編輯；1955年9月香港《大公報》副刊《大公園》主編	留港；1987年移民澳洲悉尼

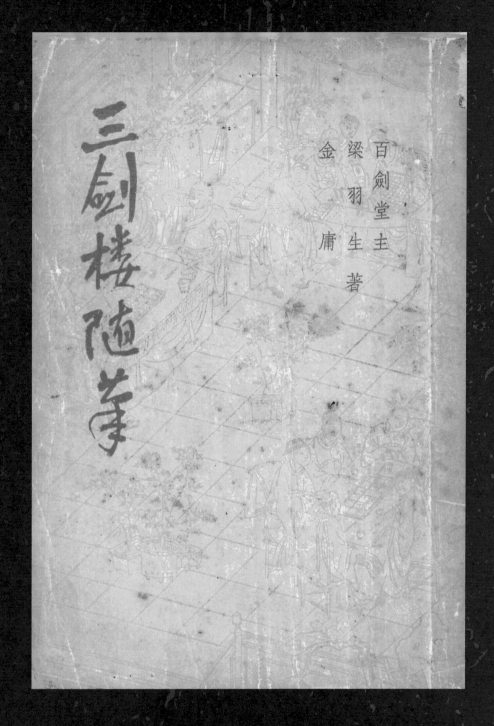

三劍樓隨筆

百劍堂主
梁羽生 著
金庸

《三劍樓隨筆》是金庸、梁羽生和百劍堂主陳凡在《大公報》專欄文章結集的單行本,專欄於 1956 年 10 月 23 日推出,1957 年 1 月 30 日結束,共 85 篇,文章談天說地,題材廣泛,反映三位才子的豐富知識和不凡的洞察力。文章於 1957 年 5 月由香港文宗出版社結集印行。1958 年 10 月 4 日至 12 月 23 日,三人在《大公報》重開專欄,但只刊登了 33 篇便結束。

在戰時敏感時期，決定減少轉發外國新聞社的消息。但此舉將導致《大公報》失去喜歡閱讀海外報道的香港讀者。

作為一個商業決定，有必要另外創辦一張娛樂性較高的晚報，因此《大公報》領導層決定創辦子報《新晚報》，由羅孚任總編輯，而原本屬於《大公報》的菁英，不少投入《新晚報》創刊工作，他們在干諾道 123 號辦公。

李俠文是總負責人，李宗瀛寫時事評論，羅孚主管要聞並管理副刊，陳凡主管香港新聞，梁羽生負責編輯《下午茶座》副刊，金庸署名「樂宜」在《新晚報》連載與朝鮮戰爭相關的紀實報道文章，同時在《大公報》的《大公園》副刊繼續寫影話。

換言之，《新晚報》的出現是為了確保《大公報》在冷戰期間保持鮮明意識形態立場的同時，不會失去在香港紙媒市場的佔有率。1954 年，當羅孚決定透過刊登迎合大眾口味的武俠小說增加銷量，也意味着南下愛國文化人一次主動投入香港本地大眾文化發展的嘗試。

這次嘗試凸顯了傳統文化在推動民族團結的作用。《新晚報》以武俠小說形式，將中國數千年文化中博大精深的典章制度、信仰習慣、詩詞歌賦、琴棋書畫、醫卜星相，如萬花筒般呈現給讀者，目不暇給，而這些屬於中華民族的文化遺產，都是忠、孝、仁、義等傳統價值的載體，深深烙印在香港乃至海外華僑讀者心中。

金庸武俠小說如何搬上銀幕？

止步長城

金庸於 1955 年 2 月 8 日開始在《新晚報》連載武俠小說，當時仍然每隔兩天左右在《大公報》副刊刊登影話。早前他已開始為長城電影製片有限公司（下稱「長城」）編寫多個劇本，包括《絕代佳人》、《蘭花花》、《不要離開我》。1955 年間，金庸正創作《三戀》的劇本。

1958 年年底，金庸離開《大公報》後，正式加入長城電影製片有限公司，成為全職編導，但只導演了兩部電影便離開長城，離開後基本上也離開了電影圈。1960 年初，金庸投放大部分精力寫武俠小說和經營 1959 年 5 月 20 日創辦的《明報》和 1960 年 1 月 11 日創辦的《武俠與歷史》小說雜誌。

換言之，金庸在長城「全職」工作的時間，大概只有 1959 年這一年。截至年底，他已完成寫作《書劍恩仇錄》、《碧血劍》、《射鵰英雄傳》和《雪山飛狐》，共 200 多萬字小說，但長城一直沒有把這些小說改編拍攝電影。

金庸小說改編為電影，至今逾 80 部，參與者來自香港、內地及台灣地區的電影業界翹楚，而且，估計在可見的未來，也會陸續有來。金庸小說的影視化，將會繼續發光發熱，情況可能一如莎士比亞戲劇，無論在舞台、銀幕、螢幕，甚至手機屏幕上，那些雋永的故事和人物角色，吸引一代又一代的觀眾，讓作品歷久不衰。

但為什麼金庸在長城當了好幾年合約編劇，最後轉正職成為編導，但長城卻沒有「把握時機」，把旗下編導暢銷的小說搬上銀幕？

金庸多年後接受何禮傑的訪問時，解釋離開長城的原因，主要和雙方南轅北轍的創作方針有關：

自始至終我覺得幹電影這行拘束很大，特別是在「長城」此等左派公司，他們的攝製方針和我個人的意見很不相投，比如他們很注重思想教育，當然，我不是否定他們，但自己的藝術創作意圖因此不易發揮。後來，我所編寫的劇本好幾個不

獲通過，興趣自然大減，兼且到了五九年，左派公司對電影製作的方針越趨嚴格，有時整年間也拍不到一、兩部戲。總括來說，幹電影時工作未見順利，自己又沒有能力搞電影公司，相反地，辦小型的報紙，需款不多，但給我發揮的機會則較大，故轉而辦報。

長城拍攝的電影大都屬於寫實主義作品，並加入較強的社會批判元素。金庸武俠小說內容涉及一個半虛構的江湖，所描繪的武林高手，個個身懷絕技，屬於一個想像力馳騁的世界，離寫實主義相差甚遠。長城雖然有拍攝古裝片，但主要是歷史片，都是走寫實主義路線。

金庸後期編劇的《小鴿子姑娘》屬童話故事，《午夜琴聲》也有荒誕元素，或許已經是長城劇本編審委員能夠接受的界線。

冷戰意識形態之爭，對於當時身處香港的長城和其他愛國進步電影製片公司來說，帶來極大的經營壓力。朝鮮戰爭雖然於 1953 年 7 月結束，但在同年成立的「港九電影從業員自由工會」（1957 年改稱「港九電影戲劇事業自由總會」，簡稱「自由總會」），受台灣地區蔣氏政權的支持，對香港愛國進步電影公司和影人進行杯葛，長城、鳳凰等公司製作的電影，雖然是國語電影，但礙於意識形態之爭不能在台灣地區放映，失去一個龐大的市場。創辦自由總會的張善琨（1907-1957），是來自上海的影業大亨，在 1949 年在香港創辦長城影業公司（簡稱「舊長城」），由袁仰安任總經理，一年後袁仰安在公司內組織進步讀書會，並奪取了舊長城的控制權，1950 年張善琨退出後，袁仰安在《大公報》費彝民（費彝民太太蘇務滋是袁仰安太太蘇燕生的堂姊）和航運業鉅子呂建康的支持下，建立長城電影製片有限公司（簡稱「長城」或「新長城」），由中共港澳工委委員司馬文森擔任劇本顧問。

當時在香港上映電影，電影公司要支付戲院方一定金額的放映費用，愛國電影公司也不例外，如果票房較差，不要說賺不了錢，還需要倒貼。其次是透過負責發行內地電影到境外的南方影業公司購買港產電影的版權在內地放映，但影片需要配合意識形態要求，不是每一部長城電影都能通過審查，而且版權收入也不算太多。第三個銷售渠道就是賣去南洋地區，在邵氏和國泰兩間公司擁有的院線放映。當時長城的影片主要透過 1935 年新加坡華僑陸運濤創辦的國泰機構（1956 年又創辦國際電影懋業有限公司，簡稱電懋，自己製作電影）在其遍佈南洋華埠的院線上映。

1955 年，袁仰安向未來女婿沈鑒治表示，由於他創辦的《長城畫報》在內容上只限於進步電影，被某些人標籤為「左派」，因此準備創辦一本「左右相容、中西並蓄」的電影雜誌，稱為《新電影》，由沈鑒治代他做督印人，黃墅負責版面設計，主要文字

的翻譯由沈鑒治兼顧，而正在連載《射鵰英雄傳》的金庸則負責編輯香港電影方面的稿件。1955年8月《新電影》創刊，封面是第一次拍攝國語片的粵劇紅伶紅線女，封底是義大利女星施雲娜曼簡奴（Silvana Mangano, 1930-1989）。

1957年，「反右運動」席捲內地，意識形態掛帥，長城也因此出現人事變動，在新資金注入後，袁仰安的權力被削減，因此也離開了長城，自組新新電影企業有限公司，最初由大女婿沈鑒治擔任導演，次女毛妹擔任女主角，一直到1964年共拍攝10部電影。但是，在這期間，袁仰安創辦的新新電影公司，始終沒有趁機改編金庸小說拍攝電影。

1950年代末，國語片業界最終因為各種原因，沒有選擇拍攝金庸小說改編電影，最終「止步長城」。

武俠片傳統

另一方面，香港粵語片已繼承了上海武俠片及省港粵劇表演藝術的傳統，拍攝武俠片的技術在香港已臻成熟，因此有利於將金庸武俠小說改編為電影。

戰前戰後上海來港的影人已開始和本地影人合作拍攝大量武俠片，包括根據金庸八歲時第一次接觸的武俠小說《荒江女俠》（顧明道原著）和《江湖奇俠傳》（平江不肖生原著）所改編的武俠片。

在香港已多次拍攝《荒江女俠》電影，分別是1940年由楊工良導演的一部粵語片，1950年洪仲豪（洪金寶的祖父）導演的三部電影（第一部國語及粵語，第二、三部粵語），以及1951年由王天林導演的一部粵語片。

1949至1956年間，在香港也出品多部改編自《江湖奇俠傳》的電影：《大俠復仇記》（1949，國語）（王元龍、文逸民導演）、《火燒紅蓮寺》（1950，粵語）（陳煥文導演）、《江湖奇俠（上集）》（國語，1956）及《江湖奇俠（下集大結局）》（國語，1956）（王天林導演）。

1950年代中期至1960年代初期，正值粵語片黃金時期，參與拍攝各類粵語武俠片的演員已成為家喻戶曉的明星，男演員包括曹達華、林蛟、石燕子、石堅等，女演員包括于素秋、羅艷卿、容小意、任燕、馬金鈴等，而本身影迷眾多的粵劇名伶也陸續加入電影圈參與武俠片的演出，包括梁醒波、林家聲、羅艷卿、梁素琴、譚倩紅、陳好逑、陳寶珠等。加上本地及海外華埠市場對此類電影需求殷切，在粵語片業界，拍攝武俠片成為一股潮流。

中聯與影聯

1955年10月5日，金庸在《新晚報》創刊五周年紀念之際，在該報刊登了一篇文章〈漫談《書劍恩仇錄》〉，除了交代連

迷人的假期

新新電影企業有限公司的創業作《迷人的假期》，
1959年1月15日上映，袁仰安親自執導，關山、
毛妹主演，編劇是金庸創辦《明報》時的得力助
手潘粵生，也是金庸介紹他在報章上寫影評。

名醫與紅伶

《名醫與紅伶》，1960年11月17日上映，電影用
了歌曲《門邊一樹碧桃花》，是1955年長城出品
電影《不要離開我》的歌曲，由金庸填詞。

1950 年 4 月 9 日上映的《荒江女俠（一集）》戲橋和同年 7 月 6 日上映的《荒江女俠（二集）》劇照。該片由洪仲豪（1902-1963）執導，于素秋（飾演方玉琴）、林蛟（飾演岳劍秋）主演。洪仲豪太太錢似鶯（1909-2007）來自上海富裕家庭，自小習武，1930 年代成為中國第一代電影女俠，其後與洪仲豪在上海創辦金龍公司，拍攝了不少武俠電影。1930 年代，錢受邵氏前身天一影片公司邀請來港成立華南片場，戰後在香港繼續拍攝武俠片，大膽起用新人于素秋和林蛟拍攝《荒江女俠》，影片大賣，捧紅了男女主角。

載《書劍恩仇錄》的始末——因為梁羽生第二部小說《草莽龍蛇傳》刊登完畢後,因忙於其他工作而未能即時提供新稿,《新晚報》總編輯羅孚和該報《天方夜譚》版的主編緊急向金庸拉稿——文章中也提到電影界的朋友、中聯影業公司總經理劉芳(1913-2004)很想把它改編成電影:

前天遇到中聯公司的劉芳兄,他說他與他太太天天爭來看,中聯很想拿它改編電影。我一聽之下,頗有點受寵若驚的感覺。

1952年11月15日成立的中聯電影公司,全名為「中聯電影企業有限公司」,簡稱「中聯」,是由一批在戰前已活躍電影圈的製片、導演和演員所合資成立的仝人電影公司,21名股東位位都是粵語片知名影人,他們部分在抗戰期間已有合作,逃亡內地期間,以演出宣傳抗戰話劇或粵劇,籌募抗戰經費。在戰後,他們都對粗製濫造、題材不健康的粵語片深感不滿,因此組織起來,希望能拍攝有社會意義、藝術質素高的電影,創業作是巴金同名小說改編的電影《家》,1953年1月7日首映,票房口碑均佳。

中聯21名股東,包括演員12名:董事長吳楚帆、副董事長白燕、張活游、紫羅蓮、李清、容小意、黃曼梨、梅綺、小燕飛、張瑛,以及1954年加入的粵劇名伶馬師曾和紅線女夫婦;編導6名:編導主任李晨風、營業主任吳回、秘書秦劍、李鐵、王鏗及珠璣;製片3名:發行主任陳文、劉芳及朱紫貴。

雖然中聯的劉芳是第一個提出要拍《書劍》的人,但中聯最終沒有拍攝金庸小說改編電影。最後落實的,是1958年7月由李化(1909-1975)和聞武(原名邵柏年)創建的香港第一家專門拍攝粵語武俠片的峨嵋影片公司,計劃在1958年底前,拍攝由金庸和梁羽生武俠小說改編的電影。

但有趣的是,由峨嵋影片公司拍攝第一批金庸武俠小說改編電影,最後都邀請了中聯公司的導演和演員參與拍攝。

事緣中聯公司的製片、編導和演員,與李化的關係匪淺。

1949年3月27日,李化、蘇怡、盧敦等40多位香港影人在黃曼梨家中聚會,談到電影業不景氣的問題,大家同意籌備一個同業組織,最初稱為「華南電影工作者聯誼會」,後來註冊時改為「華南電影工作者聯合會」,簡稱「影聯」,為粵語片業界人士服務。其中20多人着手籌備工作,李化、吳楚帆和莫康時負責申請註冊、委託律師等工作,另外有11人負責起草組會方案,同時透過登報並在片場等地公開招募會員,臨時辦事處則設在張瑛的住處。

1949年7月10日下午一時半,借用香港華商總會大禮堂舉行第一次會員大會,創會會員共367人,其中288人出席大會,他

中聯公司全人 1954 年合照。除了張瑛外，其餘 20 位股東皆在場：前排左一至左六是珠璣、秦劍、吳回、
王鏗、馬師曾和劉芳；中排左二至左五是梅綺、紅線女、小燕飛和白燕；中排左七至左九是黃曼梨、容小
意和紫羅蓮。後排左一至左三是陳文、李鐵和吳楚帆，左五是張活游，左七是李清，左十是李晨風，左
十二是朱紫貴。

們選出由李化、吳楚帆、黃曼梨、盧敦、莫康時、張瑛、洪叔雲、趙樹燊和李鐵等九人組成的主席團。李化隨即致開幕詞，盧敦報告籌組經過。

中聯和影聯的會員，在戰前已是香港電影界的中流砥柱，在戰後初期，更透過上述兩個組織，嘗試提升粵語片的社會教育意義和藝術水平。

在金庸小說開始風靡香港的 1950 年代末，國語片業界因種種原因未能把握時機，將這些武俠小說改編拍攝電影，反而由粵語片業界搶得先機，不少參與金庸小說首次拍攝電影的粵語片業界人士，都是中聯或影聯的會員（見下表）。

表 4　參與首批金庸小說改編電影的中聯股東及影聯會員

首映年份	片名	中聯股東	影聯會員
1958 及 1959	《射鵰英雄傳》及二集	李清、梅綺、容小意	胡鵬、李化、李清、梅綺、曹達華、容小意、石堅、黃楚山、何山、李月清、檸檬、楊業宏、朱超、高超、周忠等
1958 及 1959	《碧血劍》（上、下集）	李晨風、吳楚帆、李清、紫羅蓮	李晨風、李化、何山、李月清、檸檬、石堅、曹達華、吳楚帆、紫羅蓮、黃楚山、楊業宏、高魯泉、高超、周忠等
1960	《書劍恩仇錄》（上、下集、大結局）	李晨風、張瑛、紫羅蓮、容小意	李晨風、李化、張瑛、容小意、陳錦堂、石堅、馬金鈴、楊業宏、黃楚山、李月清、紫羅蓮、周忠等
1960 及 1961	《神鵰俠侶》（上、下、三、四集）	——	李化、朱克、石堅等
1961	《鴛鴦刀》（上集、大結局）	李清	李化、李亨、李清、石堅、李月清、容玉意、檸檬等
1963	《倚天屠龍記》（上、下集）	張瑛、白燕	張瑛、蔡昌、李亨、白燕、石堅、高魯泉、林甦岳、林甦、馮敬文、高魯泉等
1964	《倚天屠龍記》（三集、四集大結局）	——	楊工良、容玉意等
1965	《雪山飛狐》（上集、大結局）	——	李化、李亨、李月清、石堅等

吳楚帆（1911-1993），原名吳鉅璋，他與張活游、
張瑛和李清合稱粵語片「四大小生」，是戰後在香
港提高粵語片的社會教育意義和藝術水平的靈魂
人物之一。

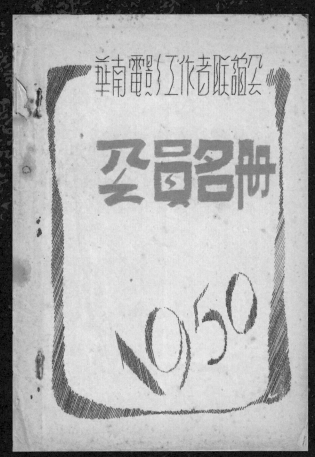

1950年影聯印製的《會員名冊》，其實是一本通訊
錄，列出各人聯絡地址。

首部金庸電影《射鵰英雄傳》
及《射鵰》（二集）（1958-1959）

李化與峨嵋影片公司的成立
（1958）

　　李化是否因劉芳而接觸到金庸，或者透過其他渠道，暫未清楚。但有一個說法是，李化曾問兒子李怡（1936-2022）意見，後者建議拍攝當時在香港熱銷的金庸武俠小說。

　　李化（1909-1975）原名李存棠，廣東新會人，1927 年就讀韋碧雲在廣州創辦的廣東電影學院，完成三個月的課程，留校主持校務。其後與妹妹李麗蓮（1914-1965）、第二期學生李晨風（1909-1985）（原名李秉權，是李化的堂姪）和盧敦（1911-2000）組織業餘「呼喚劇團」。後來李化與李麗蓮往上海發展，1930 年兩兄妹加入邵氏兄弟 1925 年創辦的天一影片公司。1936 年，李化南下香港，加入大觀聲片有限公司，擔任導演，後來也涉獵製片工作，無論是編導或製片都取得很好的成績，更熟習如何在拍攝期間，安排同類鏡頭優先拍攝，以增加拍攝效率和降低製作成本。

　　他在政治上親近愛國進步陣營，但抗戰期間的經歷頗為複雜，1940 年在上海淪陷區曾被懷疑是重慶政府派出的抗日間諜。雖然戰後一直靠攏中共，但在 1950 年代的冷戰環境下，以及他生性風流，有私德敗壞之嫌，因此一直未取得後者的完全信任。

　　1950 年代初，李化在香港創辦藝文影片公司，自己任導演，拍攝了《金絲雀》（1953）、《小星淚》（1954）、《歸來》（1954）、《父女之間》（1955）等國語片，邀請了李清、鮑方、劉戀、裘萍、江樺、李月清等演員擔綱演出。

　　根據《峨嵋影片公司三週年紀念冊》，李化署名「林炎」（用於製片人的角色，導演則用李化），撰寫〈峨嵋三年〉一文，解釋當日創辦峨嵋影片公司的歷史：

　　　1958 年的春季，我和聞武兄發覺《香

港商報》刊載的長篇武俠小說《射鵰英雄傳》和《新晚報》的《白髮魔女傳》很受廣大讀者的愛好，我們把這兩部小說仔細閱讀，一再研究，認為這種文藝性的新武俠小說，很適合於拍攝電影，我們就找原著人金庸和梁羽生兩位先生商談，他們都慨然樂助，峨嵋影片公司就這樣成立了。

峨嵋是香港首家專門拍攝武俠片的電影公司，如果沒有金庸和梁羽生暢銷小說作為後盾，相信也不會成立。由於南洋華僑對金庸小說趨之若鶩，吸引了當地片商投資拍攝金庸武俠片，李化取得資金後，隨即成立電影公司。

1958 年 7 月 26 日，舉辦了成立宴暨製片工作會議，兩位老闆林炎（即李化）和聞武（即邵柏年）、泰國片商林陸、導演李晨風、胡鵬和左几，原著者金庸和梁羽生，演員吳楚帆、李清、張瑛、曹達華、容小意、羅艷卿、上官筠慧、演員兼武術指導邵漢生和石堅師兄弟及劇務周忠皆有出席。

國仇與家恨

小說《射鵰英雄傳》的成功，因為它觸及到幾代人的歷史經歷，在超過一世紀的時間裏，中國遭列強欺凌，連年戰火摧毀了無數家庭，帶來生離死別、流離失所，即使在戰後初期，歷史記憶仍然歷歷在目。

1958 年和 1976 年，相隔了 18 年，但《射鵰》都是被改編為電影和電視劇的首選。《射鵰》的武俠世界，最終想講的，不是江湖，而是家庭；不是武功，而是成長。

在《射鵰》電影特刊中，是這樣形容這部小說的：

> 射鵰受千萬讀者愛戴，爭相傳誦，不僅是以單純的武俠打鬥為號召，而且有一個合情合理，引人入勝，激昂悲壯的動人故事，用國仇家恨，個人恩怨，兒女私情，人倫之愛來構結成一個可歌可泣悲歡離合的倫理的而又是時代性的喜劇。

在電影改編過程中，也是把着墨處放在兩個忠良之後的家庭，他們的平靜生活，如何在某個風雪交加的日子被國仇家恨所破壞，落得家破人亡、妻離子散的結果。

故事感人的地方，往往與情節和人物塑造關係密切，如果在改編過程中無故亂改，往往破壞整體佈局，未能凸顯故事的主旨。故此，胡鵬導演也曾表示，由於讀者「認識」小說，電影改編「不能與原著有距離」。

在 1950-60 年代，屬於第一批的金庸小說改編電影，共 19 部，不久前仍認為大部分已經失傳，但最近很幸運又多發現了幾部，總共有 10 部流傳下來。在這批電影中，《射鵰》和《射鵰（二集）》皆由胡鵬導演，屬於結構較嚴謹的作品，它把小說前 15 回的內容濃縮成為兩部電影，使劇情前後呼應，節奏掌握恰到好處。導演和編劇居功

1958年7月，李化在峨嵋成立宴前的製片工作會議中發言。圍桌可見面貌者（從左至右）：張瑛（帶墨鏡）、梁羽生、未詳、左几、胡鵬、曹達華、李清、邵漢生、李化（站立者）和周忠。

《射鵰》開鏡，來自南洋的投資者來片場探班，中間兩位為男女主角曹達華（左三）和容小意（左四），右二為泰國片商林陸，右一為李化。

至偉。

但「苗青」和「于非」這兩位編劇，卻在《射鵰》後再沒有其他作品，豈不怪哉？因此，筆者懷疑它們是筆名，更大膽假設，金庸本人很可能也參與了編劇的工作。

此外，這兩部《射鵰》電影演員的演技，在早期金庸小說改編電影中，是較為出色的兩部。尤其是飾演楊鐵心和包惜弱的李清和梅綺，感情戲把握得恰到好處。容小意一人分演黃蓉和黃藥師夫人兩個角色，後者雖然只有數個鏡頭，但給觀眾留下深刻印象。當時容小意和曹達華年紀約 40 歲，要演繹青春角色，殊不容易。

《射鵰》於 1958 年 7 月至 8 月間開始拍攝，約兩個多月完成，並於同年 10 月 23 日在太環線七間戲院上映，[1] 首輪公映了七天，共 200 場，觀眾接近 136,000 人次。《射鵰》上映時小說仍在《香港商報》連載中，截至 1959 年 5 月 19 日才結束，合共 862 期（期間只有七天脫期）。連載完結後不久，《射鵰（二集）》電影於 6 月 3 日上映，也在太環線七院上映了七天，共 168 場，觀眾接近 109,000 人次。《射鵰（二集）》電影上映時，金庸剛完成《射鵰》小說，可以說，電影的推出和小說連載同步進行，相輔相成。

下面根據非常珍罕的《射鵰》劇照，給未曾看過該片的讀者了解電影情節梗概。

---

1 即太平、環球、域多利、北河、油蔴地、龍城和金星戲院。

1958 年 7 月，金庸（左）與《射鵰英雄傳》導演胡鵬（右）討論劇本時的合照。胡鵬於 1949 年開始拍攝「黃飛鴻系列電影」，經驗老到，現在又成為第一位拍攝金庸武俠小說改編電影的導演，再次締造歷史。

《射鵰英雄傳》
Story of the Vulture Conqueror
（古裝粵語片）

出品公司：峨嵋影片公司

上映日期：1958 年 10 月 23 日

導演：胡鵬

編劇：苗青

製片人：林炎（即李化）

主要演員：
李清（飾楊鐵心 / 穆易）、梅綺（飾包惜弱）、曹達華（飾郭靖）、容小意（飾黃蓉）、石堅（飾丘處機）、林蛟（飾楊康 / 完顏康）、李香琴（飾李萍）、黃楚山（飾王處一）、黎坤蓮（飾穆念慈）、何山（飾完顏烈）

②

電影第一幕忠於原著第一回「午夜驚變」（後來金庸作品集又稱為「風雪驚變」）的開場設計，南宋寧宗慶元五年，全真教道士丘處機（石堅飾演）剛刺殺了私通金人的宋朝奸臣王道乾，他手持王的首級，路過臨安郊外的牛家村，碰巧被當地兩名忠良之後郭嘯天和楊鐵心發覺行蹤，雙方打了起來。

①

③

丘處機（右一）認出楊家槍法，又得悉郭嘯天（劉少文飾演，左二）、楊鐵心（李清飾演，右二）兩位結拜兄弟，均為忠良之後，遂向二人解釋手中的首級是奸臣。郭、楊兩位夫人李萍（李香琴飾演，左一）和包惜弱（梅綺飾演，右三），因聞到血腥味，開始嘔吐起來。丘為她們把脈，接着向郭、楊道賀，原來兩人已懷有身孕。丘處機取出兩把短劍，並在劍上分別刻上「郭靖」和「楊康」兩個名字，贈與郭、楊二人，作為送給未出生孩子的禮物，並為他們取了名字，要他們不要忘記「靖康之恥」。靖康年間，來自北方的女真族金兵攻陷汴梁，虜走宋徽宗和宋欽宗，北宋滅亡，被迫遷都南方，建立南宋。

丘處機離開後，郭、楊二人決定交換短劍，如果郭靖、楊康皆為男孩即結為兄弟，如果都是女孩就結為金蘭姊妹。如果一男一女，那麼就結為夫妻。

金國王爺完顏烈（又稱完顏洪烈，何山飾演）追捕丘處機時受傷，碰巧躲在楊鐵心家的柴房，被包惜弱發現，他嘗試把事情告訴鐵心，但他因得悉自己即將做父親，開心得喝得大醉。包惜弱心地善良，找了藥替完顏烈包紮傷口，救了他一命。

④

⑤

完顏烈（右一）一直難忘包惜弱（右二）美色，遂勾結南宋官員騎兵都尉段天德（朱超飾演，左一）到牛家村搜捕郭、楊兩家。期間，郭嘯天不幸被段殺死，楊鐵心也掉進峽谷，生死未卜。完顏烈假裝為報恩救助惜弱，並把楊鐵心留下的一截斷槍交給她。

⑥

惜弱被告知鐵心已死，準備自殺，但完顏烈勸她要堅強活下去，待她生下兒子後，會待他如自己兒子，並讓他學得一身好武功，為父報仇。惜弱為了替鐵心報仇，答應委身下嫁完顏烈，成為王妃。

⑦

另一方面，段天德（前排左四）帶着李萍（前排左三），往金國進發，途經法華寺時想留宿一晚，命李萍穿上男性衣服進寺。主持焦木大師（右一）和客人江南七怪不疑有詐，答應了他。江南七怪為「飛天蝙蝠」柯鎮南（即柯鎮惡，邵漢生飾演，後排左四）、「妙手書生」朱聰（吳殷志飾演，後排左五）、「馬王神」韓寶駒（陳耀林飾演，後排左一）、「南山樵子」南希仁（周小來飾演，後排左二）、「笑彌陀」張阿生（唐雞飾演，後排左三）、「鬧市俠隱」全金發（徐松鶴飾演，前排左一）及「越女劍」韓小瑩（胡笳飾演，前排左二）。

⑧

丘處機得悉郭、楊二家家破人亡，四處追查兩位夫人的下落，他知道段天德帶着李萍進入法華寺，與焦木大師和江南七怪發生衝突，兩邊大動干戈，逃離寺廟，事情才水落石出。江南七怪因為被丘處機打傷，不肯罷休，丘於是提出一個免傷和氣的解決方案，讓江南七怪繼續追查李萍的下落，自己則負責找到包惜弱。雙方約定，各自教導郭靖和楊康武功，讓他們長大為父報仇，另外在他們18歲那年，相約返回嘉興比武，到時候看看哪人勝出就代表他的師父更厲害。江南七怪同意，隨即四處尋找郭靖，發覺原來李萍已逃脫，在蒙古住了下來，在當地被哲別和太太收留，郭靖也獲得哲別傳授射箭技術（上圖左起：張阿生、全金發、丘處機、南希仁、柯鎮南、韓小瑩、焦木大師、韓寶駒及朱聰）。

江南七怪在蒙古找到了郭靖（曹達華飾演，左一），並傳授他各種武功。由於與丘處機相約日期將至，所以鼓勵郭靖離開大漠。郭靖到金國中都，遇到了一位吃霸王餐的叫化子黃蓉（容小意飾演，右一），郭靖可憐她，因此請她吃飯，兩人非常談得來，決定結拜為兄弟。

黃蓉佯裝不習慣和陌生人同床，因此在地上弄了床鋪獨自睡覺。到了深夜，郭靖因擔心黃蓉着涼，替她蓋好被子，誰知道黃蓉忽然醒來，被嚇得大叫。

⑨ ⑩

⑪ ⑫

郭靖不知如何是好，於是請來穆念慈（黎坤蓮演，左一）幫忙，念慈告訴郭靖，其實黃蓉（右一）是女兒身。穆念慈說，自己可以和黃蓉同房，而郭靖則可以和她父親穆易同住一個房間。

在穆易客房內，王處一（黃楚山飾演，右一）正替穆易敷藥包紮，剛好需要一把小刀割開綳帶，郭靖（左一）將貼身的小劍遞過去，穆易大吃一驚，因為他認得出這把小劍，上面果然刻有「楊康」兩字。原來穆易就是楊鐵心（右二），當年他掉進山谷，被一對農家夫婦救起，可惜他們因病過身，留下孤女穆念慈（左二），鐵心便收養了她，把她養大。楊鐵心巧遇故人之子，心中感概良多。

完顏康派人過來客棧，邀請王處一、郭靖和黃蓉過去王府一聚。原來完顏康不懷好心，設局想加害他們。在宴會上，王處一被完顏康的其中一名師父梁子翁落毒打傷，又發現治療用的幾味藥都給人買光了。另外，又發覺楊鐵心和穆念慈都失蹤了，原來趁他們赴宴會時被完顏康派人抓走了。

⑬　⑭

郭靖和黃蓉決定偷偷進入王府救人和取藥，郭靖無意中還吸入梁子翁（袁小田飾演，右一）用名貴中藥飼養多年的蛇的血，令內功大增。郭靖也成功取得醫治王處一的草藥。

⑮

在王府，郭靖和黃蓉救出楊鐵心父女後，逃避官兵時碰巧躲進了王妃的房間，那裏的佈置恍如一個普通的農家，牆上掛着一截斷了的的長槍。楊鐵心不敢相信自己的眼睛，眼前居然是失散多年的妻子。此刻，完顏康亦闖入母親的房間，包惜弱向他揭開身世，他是楊鐵心的兒子楊康，此番家庭團聚，鐵心也原諒了兒子。他們決定返回牛家村。但楊康（右一）真的能夠放棄榮華富貴和權力嗎？

誤會與遺憾

首部《射鵰》電影結束時，楊康與父親相認，對穆念慈也產生好感，一家人正準備返回牛家村過平靜的生活，而郭靖和黃蓉則繼續南下，希望在嘉慶與師父們「江南七怪」會合，無論如何都是一個大團圓結局。

但在《射鵰（二集）》開首，即出現完顏烈派人殺害楊鐵心和包惜弱的悲慘情節。此時的楊康，在明知父母被害後，仍然決定返回金國做他的金國王子。

二集的焦點是人生中的誤會與遺憾。穆念慈將養父楊鐵心和包惜弱的死訊轉告郭靖，依偎在他的肩膀哭泣，這一幕給黃蓉看到了，妒火中燒，但穆念慈其實早已愛上了楊康。

好不容易，黃蓉才知道自己誤會了郭靖和穆念慈，她繼續和郭靖浪跡天涯，又希望能協助他學會更多武功，讓他一舉成名。碰巧，在旅途上，她遇到九指神丐洪七公（檸檬飾演），七公嘴饞，喜歡吃各種美食，黃蓉偏偏就是烹飪能手，就透過給他弄好吃的東西，換取七公把絕世武功降龍十八掌傳授郭靖。

洪七公原來認識黃蓉的父親東邪黃藥師，並向黃蓉透露了當年發生在他父母身上的一件事情，那事情造成了黃藥師一生的遺憾。

《射鵰英雄傳》（二集）

Story of the Vulture Conqueror, Part Two

（古裝粵語片）

出品公司：峨嵋影片公司

上映日期：
1959 年 6 月 3 日

導演：胡鵬

編劇：于非

製片人：林炎（即李化）

主要演員：
曹達華（飾郭靖）、
容小意
（飾黃蓉，藥師妻）、
林蛟（飾楊康）、
檸檬（飾洪七公）、
劉少文（飾周伯通）、
石堅（分飾黃藥師）、
陳錦棠（飾陸乘風）、
黎坤蓮（飾穆念慈）、
陳立品（飾梅超風）、
林魯岳（飾歐陽鋒）

黃蓉（左）為了讓洪七公傳授武功給郭靖（右），每天為七公準備佳餚美食。電影中的美食不是原著中提及的精緻菜色，而是「在地化」的粵菜蒸魚和燒鵝（鴨？）等。

① ②

七公憶述當年各大武林高手在華山論劍，王重陽（楊業宏飾演）武功最高，他擁有的《九陰真經》武功秘笈在他死後也成為各家爭奪的目標，他臨終前將《九陰真經》交給師弟周伯通（劉少文飾演，右一）保管，承諾周伯通不會擅自修練。周伯通將《真經》分為兩冊，準備藏在不同地方。東邪黃藥師（石堅飾演，左二）和西毒歐陽鋒都想盡辦法取得《九陰真經》。有一次藥師邀請周伯通來到桃花島作客，並欺騙他說，他手中的並非《真經》下冊，而是婦孺皆知的書籍，假如不相信可以叫藥師妻子（容小意飾演，左一）背誦一次。黃藥師夫人記憶力驚人，過目不忘，居然在看過一次《真經》下冊後已能背誦，周伯通不疑有詐，將《九陰真經》下冊真本撕毀。

③

黃藥師夫人憑着記憶將《九陰真經》下冊一字不漏默寫出來。藥師喜不自勝，開始鑽研《真經》下冊，誰知其徒弟陳玄風和梅超風（二人隱瞞師父私定終身）把下冊盜去，就此消失得無影無蹤，藥師一怒之下，遷怒其他徒弟，將他們的腳筋全部挑斷，這些徒弟成為殘廢後，被逐出桃花島。其中一位徒弟陸乘風（陳錦棠飾演，中坐者）定居太湖，建立歸雲莊，與兒子陸冠英一同行俠仗義。郭靖和黃蓉告別洪七公後，在太湖岸邊聽到男人的歌聲，歌聲中如泣如訴，表達了有志難伸。

④

楊康早前已拜梅超風（陳立品飾演，左一）為師，他聽養父吩咐，將一封信交予南宋奸臣，但給陸冠英（右一）和手下發現，帶到歸雲莊囚禁，穆念慈嘗試救楊康，但不成功，楊康遂叫念慈聯絡武功高強的梅超風向她求救。雙目已失明的梅超風來到歸雲莊時，聽到陸乘風（陳錦棠飾演，右二）說話，知道原來遇到了師弟，兩人當日同樣是黃藥師（石堅飾演，左二）的徒弟。由於梅超風和師兄陳玄風偷取師父的《九陰真經》，師父一怒之下，把陸乘風等徒弟的腳根挑斷。因此，陸對梅恨之入骨。

此時，歸雲莊忽然出現一名帶着面具的高手，他將梅超風制服，此人非他人，原來就是桃花島主黃藥師，也是黃蓉（容小意飾演，左三）的父親。黃藥師用三枚「附骨針」釘進梅超風的骨頭，令她求生不得求死不能，並要她完成三件事情才原諒她，第一是將所有看過《九陰真經》的人殺死，第二是找回其他師兄弟，帶來歸雲莊安養，第三是完成以上兩項後，自斷雙手。

由於郭靖（曹達華飾演，右三）小時候曾錯手殺死陳玄風，黃藥師表示不會放過他，要他賠命。黃蓉聽後表示不會讓郭靖死的。郭靖認為一人做事一人當，答應會到桃花島賠命，但他請求寬限期，因為要先替父親報仇。

最後，郭靖、黃蓉、楊康、穆念慈一行人離開歸雲莊，在途中居然遇到段天德，郭靖將其殺死，為父報仇。但這亦代表，他要赴桃花島受死。

《碧血劍》（上、下集）（1958-1959）

亦正亦邪

　　《碧血劍》是金庸第二部武俠小說，於1956 年 1 月 1 日至 12 月 31 日每天在《香港商報》連載。而改編自小說的同名電影則分上下兩集放映，上集於 1958 年 7-8 月開鏡，年底已拍竣，並於 12 月 3 日上映，首輪錄得觀眾接近 124,000 人次，票房表現不俗。下集 1959 年 7 月上映，首輪觀眾接近107,000 人次。

　　上集首先講到明末崇禎年間，廣東籍抗滿名將袁崇煥因中「反間計」，被崇禎皇帝賜死，其子袁承志倖免於難，並拜華山派「神劍仙猿」穆人清為師，學得一身好武功。在機緣巧合下，承志在一山洞中發現「金蛇郎君」夏雪宜（金庸小名就是「宜官」）的骷髏骨遺體，替他埋葬屍骨時，發現了《金蛇秘籍》、金蛇寶劍和藏寶地圖。承志隨後找到了金蛇郎君的妻子溫儀（羅艷卿飾演）和女兒溫青青（上官筠慧飾演），揭開了一段當年的恩怨。

　　夏雪宜成長在一個快樂的家庭，個性溫和，但某天，他妹妹被溫明志（小說中又名溫方祿）姦污，一家五口又遭殺害，他發誓要報仇，十倍奉還。雪宜勤練武功，終於成為一位武林高手，他殺死明志後，又找到溫家，開始大開殺戒。

　　夏雪宜的性格非常複雜，不容易演繹，由第一次拍攝古裝片的吳楚帆飾演，大致能掌握，但做慣正派的他，一開始那場戲，講他捉了羅艷卿進山洞，要透過笑聲表達亦正亦邪的雙面性格（最好能在笑聲中夾雜着哭泣聲），也表現得有點生硬，其後才愈做愈好。

　　與《射鵰》相比較，《碧血劍》這部小說並不算太成功，主要問題是在寫金蛇郎君這個悲劇人物時，未能引起讀者更大的同情。金庸塑造亦正亦邪、複雜角色的嘗試，在其後的幾部小說中都取得較好效果，例如在《倚天屠龍記》中塑造的殷素素及金毛獅王，都寫得更有血有肉。

《碧血劍（上集）》
Sword of Blood and Valour, Part One
（古裝粵語片）

出品公司：峨嵋影片公司

上映日期：
1958 年 12 月 3 日

導演：李晨風

編劇：李晨風

製片人：林炎（即李化）

演員：
吳楚帆（飾金蛇郎君）、
羅艷卿（飾溫儀）、
曹達華（飾袁承志）、
上官筠慧（飾溫青青）、
檸檬（飾木桑道人）、
陳好逑（飾安小慧）、
石堅（飾溫明山）、
陳惠瑜（飾安大娘）、
楊業宏（飾穆人清）、
陳碩修（即石修）
（飾袁承志幼年）、
王愛明（飾幼年安小慧）、
袁小田（飾啞巴）

1958 年 7 月 26 日，金庸（右）與《碧血劍》導演李晨風（左）討論劇本時合照。

長大後的袁承志（曹達華飾演，左一）在華山附近發現一個山洞，原來是金蛇郎君藏身之處，屍體已剩下一副白骨。承志見骸骨狼藉，於心不忍，於是幫他埋骨。這時候發現了金蛇郎君留下的《金蛇秘籍》、金蛇寶劍和一張藏寶地圖。金蛇郎君在秘笈中留下紙條，命得秘笈者必須往尋訪溫儀，否則金蛇郎君必不放過此人。

金庸年輕時因見到骷髏山而經常發惡夢，骷髏骨是金庸小說中經常使用的象徵，也讓人想到莎士比亞的《馬克白》（Macbeth）中，骷髏骨所代表的人類黑暗面。

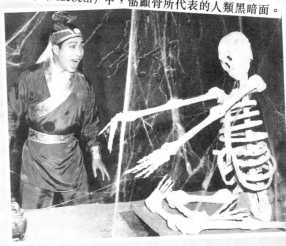

明末廣東名將袁崇煥被人用反間計誣陷通敵，被判處死刑。武林中人安大娘帶着袁崇煥之子袁承志（陳碩修（即石修）飾演，中）和女兒安小慧（王愛明飾演）逃難，正被追殺，幸好獲得穆人清的僕人啞巴（袁小田飾演，左）相救。啞巴承諾送袁承志上華山，由穆人清（楊業宏飾演，右）傳授奇功。

① ②

③

有人得知袁承志發現武功秘笈，過來搶奪，導致死傷枕藉。承志好奇下細看秘笈，不久已練就神功。

④

袁承志（左二）離開華山後來到南方，在碼頭上了船，巧遇女扮男裝的溫青青（上官筠慧飾演，左一），原來她搶奪了一批財寶，惹來江湖中人過來爭奪。袁承志與青青一見如故，與對方結拜為兄弟，決定協助她把財寶帶回溫家。

在溫家，有人認得出袁承志手中的金蛇寶劍，承志解釋是他在山洞中尋得，並答應已過身的寶劍主人尋找溫儀。這才發現，溫儀就是金蛇郎君的妻子，也是溫青青的母親。換言之，溫青青就是金蛇郎君的女兒夏青青。

⑤ ⑥

當年金蛇郎君夏雪宜（吳楚帆飾演，見圖）一家被溫氏兄弟的老六屠殺。他發誓長大後練好武功要報仇，將溫家的女眷強姦，並殺害溫家男丁。這天終於來臨，溫家多人被殺，女眷被擄走玷污。

這天金蛇郎君將溫家小姐溫儀（羅艷卿飾演，左）搶回自己的山洞，狂笑起來。

溫儀得悉金蛇郎君的經歷後，深為感動，她告訴金蛇郎君，自己願意犧牲，但希望他放過溫家其他人，恩怨就此了結。金蛇郎君聽後陷入沉思，看着楚楚可憐的溫儀，心中思潮起伏。最後，他決定無條件送她回家。

其後金蛇郎君經常找她，兩人產生情愫，溫儀也懷有了金蛇郎君的骨肉。他們希望結為夫婦。

⑦

⑧

溫家假意答應他們的婚事，安排兩人拜堂成親。

⑨

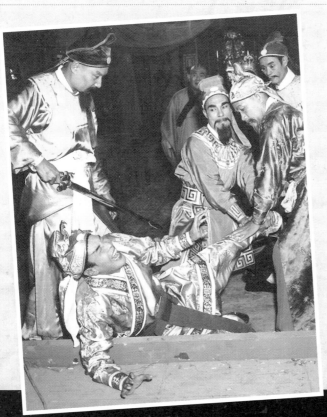

溫明山（石堅飾演，左三）和溫明義（吳殷志飾演，左一）等溫家兄弟在金蛇郎君的酒中落毒，終於成功制服對方，並把他的手筋和腳筋挑斷。金蛇郎君趁機逃脫，不知去向。

《碧血劍》（下集）》
Sword of Blood and Valour,
Part Two

（古裝粵語片）

出品公司：峨嵋影片公司

上映日期：
1959 年 7 月 1 日

導演：李晨風

編劇：李晨風

製片人：林炎（李化）

主要演員：
曹達華（飾袁承志）、
上官筠慧（飾溫青青）、
李清（飾焦公禮）、
紫羅蓮（飾焦宛兒）、
石堅
（分飾閔子華，閔子葉）、
吳殷志（飾梅劍和）、
李月清（飾焦母）、
袁小田（飾啞巴）

《碧血劍（下集）》中，袁承志與溫青青按照金蛇郎君的藏寶圖到金陵尋寶，無意中介入閔子華（石堅飾演）與焦公禮（李清飾演）的私怨中。袁承志揭發長白三英從中挑撥，遂助華、禮化解紛爭。

可惜，焦公禮最終遭暗算，承志憐惜其女焦宛兒（紫羅蓮飾演），卻惹青青誤會。宛兒為消青青妒意而下嫁師兄。

承志和青青最後尋獲寶藏，轉送闖王李自成，協助其起義，推翻明朝。

武打演員

在拍攝《射鵰英雄傳》和《碧血劍》時，也不乏武打場面，導演主要依賴一批有武功根柢或曾接受南派及北派舞台藝術培訓的演員，協助設計武打場面。如前述，來自上海的武俠片傳統，以及省港粵劇舞台藝術，為香港的武俠片建立非常堅實的基礎。

金庸武俠小說首次被搬上銀幕即與粵語片業界一拍即合，除了因為李化主動聯絡金庸外，也由於粵語片擁有較強大的武打演員陣容。

自拍攝首部《射鵰》和《碧血劍》電影開始，來自廣州精武會的邵漢生、石堅師兄弟已受到重用，飾演劇中的武林高手。在《射鵰》中，邵扮演江南七怪之首柯鎮南，而石堅則扮演丘處機，兩人參演法華寺「江南七怪」與丘處機打鬥一幕，非常精彩。另外，石堅在《射鵰（二集）》中飾演東邪黃藥師，戲份雖然不多，但屬於關鍵角色。

另外，京劇武生出身的袁小田，在《射鵰》中飾演非常重要的反派角色梁子翁，在《碧血劍》中則飾演支持袁承志的忠僕「啞巴」，所佔戲份不少。

在香港武打片歷史中佔一席位的劉家良和唐佳（當時藝名唐雞），也曾在多部早期金庸武俠小說改編電影中曾參與演出，相信也幫忙設計了武打場面。劉家良更在《倚天屠龍記》中飾演青翼蝠王韋一笑一角，戲份不多，卻讓人印象深刻。

新武俠

NEW MARTIAL HERO

武術雜誌

漢生康樂研究院八週年紀念特輯

本刊獨有內幕性連載武林記者生涯

每冊二元

全世界唯一之中文武術權威雜誌

邵漢生（1900-1994），出生於廣東省南海縣三山鄉奕賢村，曾拜樂義堂武館洪拳師傅馮榮標（賣魚燦）為師，後加入廣州精武會，拜孔昌師傅學習蔡李佛拳，其後又跟孫玉峰師傅學習北拳，成為技通南北的武術家。石堅（1913-2009）是邵漢生的師弟。而國際知名武打巨星李小龍，也稱邵漢生為「四叔」，赴美國前曾跟他學習腿法兩個月。

1950-1960年代，邵活躍於香港電影界，成為演員及武術指導，參演黃飛鴻系列電影及金庸小說改編電影。1964年，邵在香港設立漢生康樂研究所，提倡以國術康體促健、共同娛樂及抗病自衞，並抱精武體育會原旨「發揚武術是為壽人壽世而努力」。

石堅（右一）參加師兄邵
漢生（右二）兒子的婚宴
時合照。

邵漢生夫婦（後排站立
者）在兒子結婚宴上與部
分女徒弟合照，左起為馬
金鈴（夏娃）、梅蘭、羅
蘭和丁櫻。1950-1960 年
代的香港女星中，不少曾
跟邵漢生習武，除上述幾
位，也包括夏夢、容小
意、梁素琴、王愛明等。

「書劍恩仇錄」邵師傅與馬金鈴（夏娃）。

馬金鈴在《書劍恩仇錄》中飾演李沅芷一角，由邵漢生訓練武術。

袁小田

袁小田（1912-1980），生於北京，京劇武生出身，1937年應粵劇名伶薛覺先（1904-1956）的邀請，來港負責替粵劇設計武打場面，注入北派元素。1930年代末開始在電影圈發展，從事武打替身等工作，兒子袁和平等也成為國際知名的武術指導。1949年在首部黃飛鴻電影中參與演出，1960年代末參與黃飛鴻電影武術指導工作。1970年代引退，1978年復出拍攝成龍的成名作《蛇形刁手》和《醉拳》兩片，扮演蘇乞兒一角。

表 5　參與首批金庸小說改編電影的武打演員

首映年份	片名	武打演員
1958 及 1959	《射鵰英雄傳》及二集	曹達華、石堅、林蛟、邵漢生、吳殷志、陳耀林、唐佳、袁小田
1958 及 1959	《碧血劍》（上、下集）	邵漢生、石堅、曹達華、袁小田、吳殷志、陳耀林
1960	《書劍恩仇錄》（上、下集、大結局）	石堅、邵漢生、劉家良、袁小田
1960 及 1961	《神鵰俠侶》（上、下、三、四集）	林蛟、石堅、袁小田
1961	《鴛鴦刀》（上集、大結局）	石堅、林蛟、任燕、袁小田（兼任武術指導）、邵漢生、唐佳
1963	《倚天屠龍記》（上、下集）	石堅、袁小田、吳殷志、劉家良
1964	《倚天屠龍記》（三集、四集大結局）	袁小田、劉家良、唐佳、韓英傑、吳殷志
1965	《雪山飛狐》（上集、大結局）	石堅、吳殷志、袁小田

五

《書劍恩仇錄》（上、下集、大結局）（1960）

民族共融

1960 年 7 月，由李化和邵伯年創辦的峨嵋影片公司慶祝成立三周年，出版了《峨嵋影片公司三週年紀念畫冊》，是研究金庸、梁羽生小說改編電影的重要文獻。李化指出，三年來已完成了八期製片計劃，第一期完成了《射鵰英雄傳》、《碧血劍》和《白髮魔女傳》，然後第二期完成了包括《射鵰（二集）》和《碧血劍（下集）》的另外四部，全部七部電影於 1958 年年尾前完成。

1959 年完成了四部電影，包括《書劍恩仇錄》（上、下集及大結局），但在放映排期上遇到阻滯，導致三部《書劍》電影要在 1960 年才推出。在 1960 年 6 月 8 日《書劍恩仇錄（大結局）》首映那天，香港剛好懸掛九號風球，多間戲院停開，但《書劍》一片卻出現場場爆滿的情況，當日逾 34,000 人次觀看。

三年來，峨嵋拍攝了 21 部電影，其中 17 部在香港、澳門和星、馬公映，14 部在高棉放映，8 部在南北美放映，7 部在泰國和緬甸放映，2 部在越南西貢和紐西蘭放映。

換言之，首批金庸小說改編電影的觀眾群是生活在香港和世界各地的華人，他們生活在多民族雜處，宗教多元的國度或地區，例如香港的華洋雜處，南洋的伊斯蘭、佛

《書劍恩仇錄（上集）》

The Book and the Sword, Part One

（古裝粵語片）

出品公司：峨嵋影片公司

上映日期：1960 年 5 月 4 日

導演：李晨風

編劇：李晨風

製片人：林炎（即李化）

主要演員：

張瑛（分飾乾隆，陳家洛）、陳錦棠（飾文泰來）、梁素琴（飾駱冰）、石堅（飾張召重）、
馬金鈴（即夏娃，飾李浣芷）、楊業宏（飾陸菲青）、石燕子（飾余魚同）、紫羅蓮（飾霍青桐）

教、基督教、儒家不同信仰的人群生活在一起，難免出現齟齬和衝突，是他們每天生活上面對的挑戰。《書劍》故事中所描述的清朝歷史場景，民族衝突和鬥爭同樣激烈，讓身處異鄉的華僑讀者也深有感觸。更何況，金庸根據他家鄉浙江海寧的一個傳說，創作了一部講述滿洲乾隆皇帝居然擁有漢人血統的傳奇故事，將「民族衝突和共融」的議題表達得更為戲劇化。

金庸小說其中一個大主題是「民族共融」，由 1955 年他第一部連載的小說《書劍恩仇錄》到 1972 年 9 月 23 日結束連載的《鹿鼎記》，對這個題目都有所着墨。華僑居於海外，最初的幾代人仍與中國內地的家鄉保持緊密經濟和社會聯繫，也因此不少華僑仍心繫祖國，中華歷史文化也成為他們嚮往的文化原鄉，對金庸武俠小說及電影中所表達的「俠義精神」和「家國情懷」，容易產生認同。

《書劍》電影本事

1960 年，三部《書劍》電影連續上映，由張瑛一人分飾乾隆皇和他的弟弟陳家洛。

故事發生在清乾隆年間，當時一批「反清復漢」人士組織紅花會，由總舵主于萬亭領導。萬亭和四當家文泰來（陳錦棠飾演）因得知乾隆皇身世秘密而被官兵追捕，萬亭被殺，泰來在杭州被捕。陳家洛（張瑛飾演）繼任總舵主後，率領會眾設法營救泰來。期間，陳家洛偶遇回部族長之女「翠羽黃衣」霍青桐（紫羅蓮飾演），並協助她奪回被乾隆搶走的聖物《可蘭經》。霍青桐芳心暗許，將家傳寶劍贈予家洛。家洛和紅花會高手，最終成功將泰來從巡撫衙門救出。

文泰來獲救後，說出乾隆實為漢人，且與陳家洛是親兄弟的秘密。家洛與紅花會群雄將乾隆擄至六和塔頂談判，要求乾隆反清復漢，並停止侵略回部。乾隆假意答應。家洛偶遇霍青桐之妹喀麗絲，人稱香香公主，家洛和喀麗絲互相傾慕。青桐見二人相愛，芳心黯然。

乾隆食言，派人向回部下戰書，家洛偕香香公主往清營查探遇險，被困沙漠。霍青桐施計擊退清兵，再獨自救出家洛和香香公主。經此一役，家洛決定放下兒女私情，返回中原為國家民族效力。

陳家洛取得有關乾隆身世的密函，進京要求乾隆履行六和塔之約，乾隆砌詞拖延，隨即將證物銷毀。乾隆又擄走喀麗絲，要求家洛勸她順從自己，家洛以國家大事為重忍痛照辦，喀麗絲含淚答允。影評人蒲鋒指出，這段情節讓人聯想到《絕代佳人》中魏王、信陵君兩兄弟和如妃的三角關係。

後來香香公主喀麗絲得悉乾隆暗中計劃消滅紅花會，在乾隆安排的婚禮上自盡示警。乾隆於宮中宴請紅花會群雄，想將他們一網打盡，所幸家洛與眾人有備而來，雙方混戰連場。家洛為了救回文泰來的幼嬰，被迫放走乾隆。其後，家洛得知文泰來和霍青桐藏身天山，於是前往會合。

書劍恩仇錄

《書劍恩仇錄》電影特刊封面。石燕子（左）在《書劍》電影中飾演余魚同，中間為飾演周仲英的黃楚山，右邊為飾演仲英女兒周綺的上官均惠（即上官筠慧）。

「千面小生」張瑛在《書劍》電影中一人分飾陳家洛（上圖，右一）和乾隆（下圖）兩個角色，一正一邪。左圖左一位飾演徐天宏的林蛟，左圖中為飾演駱冰的梁素琴。

《書劍恩仇錄（下集）》
The Book and the Sword, Part Two
（古裝粵語片）

出品公司：峨嵋影片公司

上映日期：1960 年 5 月 11 日

導演：李晨風

編劇：李晨風

製片人：林炎（即李化）

主要演員：
張瑛（分飾陳家洛，乾隆）、紫羅蓮（飾霍桐）、容小意（飾香香公主喀麗絲）、陳錦棠（飾文泰來）、
馬金鈴（即夏娃，飾李沅芷）、梁素琴（飾駱冰）、石堅（飾張召重）

陳家洛嘗試說服乾隆反清復漢，乾隆假裝答應，但條件是家洛在回部取得證物。家洛赴回部時，與霍青桐（紫羅蓮飾演，左三）重逢，又認識了青桐的妹妹喀麗絲，即香香公主（容小意飾演，左二），二人互相傾慕。

《書劍》（上、下集）電影特刊封面。

《書劍恩仇錄（大結局）》

The Book and the Sword,
Concluding Episode

（古裝粵語片）

出品公司：峨嵋影片公司

上映日期：
1960年6月8日

導演：李晨風

編劇：李晨風

製片人：林炎（即李化）

主要演員：
張瑛
（分飾乾隆皇、陳家洛）、
陳錦棠（飾文泰來）、
紫羅（飾霍青桐）、
容小意（飾香香公主）、
梁素琴（飾駱冰）、
石燕子（飾余魚同）、
馬金鈴
（即夏娃，飾李沅芷）、
石堅（飾張召重）

陳家洛（張瑛飾演）（右）和喀麗絲（容小意飾演）（左）這
一對戀人，最終未能成為眷屬，讓人感到無限唏噓。

第五章

問世間
情是何物？

《神鵰俠侶》（上、下、三、四集）
（1960-1961）

對武俠片的期望

1959 年 5 月 20 日，金庸創辦《明報》，同日《神鵰俠侶》開始在該報連載，至 1961 年 7 月 8 日結束，共刊登了 777 期。《明報》創刊半年後，金庸在 1960 年 1 月 11 日再接再厲，創辦小說雜誌《武俠與歷史》，並在該雜誌又另起爐灶，開始連載《飛狐外傳》，至 1962 年 4 月 6 日結束，總共刊登了 65 期。

金庸「左右開弓」，同時創作《神鵰俠侶》和《飛狐外傳》，分別是他第五部和第六部小說，情節佈局和人物描寫方面，都有長足進步，非常精彩。

1960 年 2 月 1 日至 3 月 21 日間，金庸在《武俠與歷史》第 3 至 8 期，分六期刊登了〈關於武俠小說的幾個問題〉長文，就《新生晚報》讀者何水申質疑「武俠小說人物怪異不自然，因之產生毒素」的論點加以駁斥，並提出自己對武俠小說的見解，標題

包括：「武俠小說的內容是非自然的非科學的」、「武俠小說的情節並不是反映現實生活的」、「武俠小說的故事與人物」、「武俠小說的本質與思想性」、「武俠小說對讀者的影響」等。總體來說，金庸指出，小說也分為「寫實主義」和「浪漫主義」派系，而武俠小說有不少幻想元素，屬於後者。這些元素雖然誇張了「武」和「俠」，但不一定就帶來消極的思想，重點是小說有沒有渲染暴力色情迷信等。閱讀武俠小說是一種健康的娛樂消遣活動，屬於「美」的層次，不能要求它「文以載道」：

小說是藝術的一種，藝術屬於「美」的範圍，它雖然不能與「真」及「善」絕對隔離，但總不是科學，也不是宗教。

小說的主要作用是描寫人的內心世界，描寫書中的人物怎樣想，怎樣感受，他有什麼痛苦和喜悅，又描寫他在這樣的環境和心情下如何行動。

異軍突起的新型日報

明報

載連篇長
說小俠武

神鵰俠侶
金庸
雪君插圖

內容之佳
一看便知

在《神鵰俠侶》小說單行本內刊登《明報》廣告。
1959 年 5 月 20 日《明報》創刊，也是該報連載
《神鵰俠侶》小說的第一天。

峨嵋影片公司

三週年紀念畫冊

1961 年出版的《峨嵋三週年紀念畫冊》載有金庸
〈對武俠片的期望〉短文。

這篇文章其後也不容易找到，似乎被許多人遺忘，但確立了金庸書寫武俠小說「非為宣傳意識形態」的文藝創作方針，將小說功能定性在表達「美」而不是追求「真」和「善」。但對於文學藝術的追求，又未去到「為藝術而藝術」（art for art's sake）的極致。

1961 年 5 月，金庸在《中聯畫報》第 58 期發表〈談武俠電影〉一文，同年 7 月，文章稍作修改後又刊登在《峨嵋三週年紀念畫冊》，題目改為〈對武俠片的期望〉，重申〈關於武俠小說的幾個問題〉中的一些看法，但同時又加入不少「文以載道」的觀點，屬於折衷方案：

武俠片中不免有神怪誇張的場面，如果影片的主題是健康的，應該容許有誇張的處理。在《武俠與歷史》小說雜誌中，我曾提出「武俠小說健康化」這樣一句口號，同時舉出八點內容，在我個人以為，這八點對於武俠影片也同樣適用，現在謹列舉於下，以供製作武俠影片的朋友們參考：

（一）影片的道德信條，必須和中國人固有的民族傳統道德觀念相符合，我們主張任事必忠而對父母孝敬，對兄弟友愛。主張仁慈，反對殘酷；主張守信重義，反對反覆卑鄙。有犧牲小我成全大我的精神，反對自私自利，損人害群。即使影片只不過敘述一個曲折離奇的故事，也不能有意或無意的破壞這些道德規條。

（二）戒除色情的描寫，黃色的場面。

（三）打鬥不宜過於殘酷，不宜血淋淋的使人慘不忍睹。

（四）影片中不免有誇張、有奇異、有特殊的人物和事件。但這些事件不至於宣揚迷信，對邪惡人物須有應得的懲罰。

（五）影片可以是悲劇，正面的英雄可以死亡或不幸，但悲劇的目的不是使觀眾沮喪，而是使人意氣激昂發揚。

（六）避免「誨盜」的暗示。英雄人物是行俠仗義、鋤強扶弱的好漢，而不是打家劫舍，欺壓良善的盜賊、幫匪、流氓、惡霸。

（七）頌揚愛情上的堅貞和真摯。

（八）主張人類的平等，各種族之間和平相處。在描寫古代民族之間的鬥爭時，如漢人反抗滿清等等，主要是從愛國心出發，而不是從種族偏見出發。

金庸寫最後一部小說《鹿鼎記》時，似乎對上述道德規範又有所修正，小說主人翁韋小寶雖然重義氣，但為了生存又養成了各種市井惡習，也成為金庸小說「男一」中，唯一的「非英雄」。推出時已受到很多批評，但作為金庸自我突破的嘗試，意義頗為重大。

光藝新星

從 1959 年 5 月至 1963 年 9 月，金庸在《明報》和《武俠與歷史》雜誌中，相繼連載《神鵰俠侶》、《飛狐外傳》、《鴛鴦刀》和《倚天屠龍記》等小說。這批作品中，除了舊有的成長、復仇、愛國等元素，也加強了「愛情文藝」元素，男女主角之間的愛恨纏綿，與武林爭鬥奪寶的情節，平衡發展，同樣重要。

在人物刻劃上，這批小說比起金庸早期的作品更具野心，性格特質不再如陳家洛、袁承志、郭靖般正邪分明、屬於好男人的典範，而是一些內心複雜矛盾，甚至亦正亦邪的人物。早期作品中，這類人物通常是「男二」、「女二」等，例如《書劍恩仇錄》中的「小妖女」李沅芷、《碧血劍》中的金蛇郎君夏雪宜，及《射鵰英雄傳》中的「東邪」黃藥師等，但《神鵰俠侶》出現了亦正亦邪的「男一」神鵰大俠楊過，《倚天屠龍記》中又出現了優柔寡斷的「男一」明教教主張無忌。

演員要成功演繹性格複雜的「男一」或「女一」，一點也不容易，由於金庸武俠小說大都是成長故事（尤其是早期的），主角一般經歷由年輕到中年的故事，經驗豐富的演員，尚且能把握後半段的戲，但前半段屬「少年叛逆期」，年紀較大的演員較難處理。上文亦提到，由吳楚帆飾演金蛇郎君，一開始時略顯生硬，效果差強人意。進入 1960年代，吳楚帆、張瑛、張活游、白燕、梅綺、容小意等當時香港知名度最高的粵語片明星，年齡步入中年，以四、五十歲年紀扮演小伙子「男一」和小姑娘「女一」，都不是最理想的人選。

1955 年光藝製片公司的出現，捧紅了謝賢、嘉玲、南紅、江雪、周驄等青春偶像。這批新人也成為了金庸小說改編電影的新一批主角，為這些電影帶來新朝氣。

光藝的成立與南洋的華語電影市場有密切關係，1960 年代香港製作的電影，無論是粵語片、國語片、夏語片等，在南洋都非常受歡迎，是當時華僑的大眾娛樂。當時在南洋的電影院線為港產片提供上映場地的，除了邵氏和國泰（後成立國際影片發行公司，簡稱「國際」）外，後加上 1955 年 8 月新加坡商人何啟榮家族創辦的光藝院線，鼎足而立。早於 1953 年，何啟榮與香港經營片場的胡晉康合作，在九龍青山道六咪半建立華達製片廠，由大小各二的廠房組成，佔地八萬平方呎。胡晉康任經理、何漢廉任副經理。

1950 年代起，由吳楚帆等創辦的中聯影業公司和子公司「中聯小組」製作的粵語倫理片在香港極受歡迎，在南洋發行時，分別交由邵氏和國泰院線上映，但還未接觸到光藝。中聯股東之一的秦劍（1925-1969），是一位天才橫溢的編導，他看準機遇，與光

藝的何氏家族聯繫上，建議利用何氏擁有的華達製片廠拍攝電影。1955 年 8 月，光藝製片公司在港成立，由秦劍任經理，創業作《胭脂虎》由秦劍執導，程剛、陳情女士（即秦劍）編劇，紅線女、李清、盧敦、謝賢主演，於該年 12 月 30 日上映。

在秦劍的主持下，光藝既邀請中聯股東紅線女、李清、盧敦、張活游、吳楚帆、紫羅蓮、容小意等老牌粵語片明星參演電影，又任用秦劍親自培訓的年輕演員謝賢、嘉玲、南紅等，促進了粵語片的世代交替，也推動了 1960 年代香港青春片的潮流。

青春片歌頌活力、動感、純真和喜悅，情節上經常以年輕人的叛逆不羈、浪漫真摯、完美的烏托幫等元素，與制度僵化、世俗苟且和歷史包袱等守舊力量形成強烈對比，產生戲劇張力。青春片既可以是悲劇，又可以是喜劇，後者包括不少歌舞片。1960 至 1961 年上映的金庸小說改編電影，包括四集《神鵰俠侶》和兩集《鴛鴦刀》，都起用了年輕演員擔任主角，朝氣勃勃，活力洋溢，走青春片的路線。

在票房上，《神鵰俠侶（下集大結局）》更是大放異彩，除了因為 1960 年香港增加了第四條粵語片院線，形成了八至十間戲院聯映的盛大情況，更因為青春偶像效應，當時謝賢成為粵語片首席萬人迷（heart-throb）男星，號召力驚人。此外，1960 年 7 至 8 月，首兩部《神鵰》電影上映時，小說原著仍然在《明報》連載，至 1961 年 7 月 8 日才結束，相信不少金庸小說讀者都會看電影捧場。《神鵰俠侶（下集大結局）》1960 年 8 月 30 日起在八間戲院上映，八天共上映 248 場，觀眾為 232,935 人次，成為 1950 至 60 年代首批金庸小說改編電影中最賣座的電影。香港報章上的廣告也稱，《神鵰俠侶（下集大結局）》「打破三十年來粵語片賣座最高紀錄」，可惜四集《神鵰俠侶》很可能已經失傳，筆者希望有一天拷貝會重見天日，讓我們一睹謝賢、南紅當年風采。

光藝首席小生謝賢，原名謝家鈺，1936 年出生。

謝賢是電影銀幕上第一代楊過，當時他年僅24 歲。

光藝女星嘉玲（1934-2022），原名何佩英，被譽為「東方伊莉莎伯泰萊」，衣着摩登入時，帶動當時香港時裝潮流。她擅長演繹高貴優雅的摩登女性，艷光四射。1953 年她與謝賢同期考入嶺光公司演員訓練班，其後在秦劍邀請下一同加入光藝，是謝賢的初戀情人，兩人拍拖七年後分手。

娛樂週刊

＊逢星期四出版・第三期・零售每份港幣六角＊

VARIETY
WEEKLY NO.3

南紅，原名蘇淑媚，1934年出生於順德，拜紅線女為師學習粵劇，取藝名南紅，1950年踏進電影圈，加入光藝製片公司，與嘉玲、江雪並稱「光藝三大花旦」。

1967年，南紅與導演楚原（原名張寶堅，為粵語片演員張活游的兒子）結束愛情長跑，結為夫婦。上圖為《娛樂週刊》封面刊登南紅婚紗照。

現代感十足的南紅。

計 № 007790

華達電影企業有限公司
計數單 ___ 1957

____ 影業公司 地址 ____
____ 語片「____ 雕 ____」之「____」景

計開：

項 目	摘 要	金 額						
		十	萬	千	百	十	元	角	分
場 租								
佈 景 費								
特別佈景費								
劇 照 費								
外景機租	（埃模或大殿）							
洗 印 費								
其 他								
合 計								

華達電影企業有限公司

會計組 ____ 總經理 胡晉康

1957 年華達電影企業有限公司的單據，有總經理
胡晉康的簽名。單據顯示，華達除了出租廠房供
電影公司製作電影外，也提供相關服務，包括代
為繪製佈景圖樣。

《神鵰俠侶（下集大結局）》廣告，聲稱該片「打
破三十年來粵語片賣座最高紀錄」。

《神雕俠侶（上集）》

《神雕俠侶》
The Story of the Great
Heroes, Part One
（古裝粵語片）

出品公司：峨嵋影片公司

上映日期：
1960 年 7 月 27 日

導演：李化

編劇：朱克

製片人：林炎（即李化）

主要演員：
謝賢（飾楊過）、
南紅（飾小龍女）、
姜中平（飾霍都王子）、
黎小田（飾幼年楊過）、
林蛟（飾郭靖）、
梁素琴（飾李莫愁）、
王愛明（飾幼年陸無雙）、
李月清（飾孫婆婆）、
司馬華龍（飾尹志平）、
陳惠瑜（飾黃蓉）

《神鵰》電影本事

　　四集《神鵰俠侶》仍由峨嵋影片公司出品，李化導演，聞武監製，但根據光藝在新加坡出版的《神鵰俠侶（全集）武俠電影小說》，聲稱《神鵰俠侶》是光藝製片公司出品，何權業監製，是其「第一部攝製文藝武俠機關打鬥鉅片」，由「光藝紅星華南巨星武俠大師龍虎拳師數百人聯合大演出」。資料反映李化同光藝曾有過某種協議，很可能答應光藝，在宣傳上，該片在南洋上映時可以標榜為光藝出品。

　　首集內容是：楊康遺孤楊過（幼年楊過由黎小田飾演）往陸家莊欲投靠陸莊主陸展元，但陸被赤練仙子李莫愁（梁素琴飾演）尋仇殺害。楊過得郭靖（林蛟飾演）相救，並得全真派老道長收留，但楊過被眾小道士欺負，逃走離開道觀，很幸運得孫婆婆（李月清飾演）解圍，但自己也遭小道士打至重傷。孫婆婆臨終託古墓派傳人小龍女（南紅飾演）收楊過為徒。

　　十年過去，楊過已長大，成為英俊少年。他隨小龍女朝夕習武，情愫漸生。小龍女練《玉女心經》時，因受驚致吐血不止，楊過割臂輸血相救（證明兩人同一血型，或者楊過是 O 型血）。此時，李莫愁重返古墓欲奪回師妹小龍女手上的《玉女心經》。楊過和小龍女聯手仍不敵李，緊急關頭決定關閉墓門，欲與對方同歸於盡。正當以為兩人將一起死於古墓，卻發現了原來有一通往墓外的秘道，兩人隨即逃出古墓。

光藝製片公司出品

第一交製武俠機關打鬥鉅片

何權業監製

著名武俠小說搬上銀幕

門鉅片

神鵰俠侶

劍影刀光拳打腳踢招招稱絕着着神奇

光藝紅星華南巨星武俠大師龍虎拳師·數百人聯合大演出·

金庸原著 李化導演

故事忠於原著 比書看緊湊 比播音精彩

《神鵰俠侶》戲橋。

《神雕俠侶
（下集大結局）》
*The Story of the Great
Heroes, Part Two*
（古裝粵語片）

出品公司：峨嵋影片公司

上映日期：1960 年 8 月 30 日

導演：李化

編劇：朱克

製片人：林炎（即李化）

主要演員：
謝賢（飾楊過）、南紅（分飾小龍女、陸無雙）、梁素琴（飾李莫愁）、
林蛟（飾郭靖）、石堅（飾金輪法王）、司馬華龍（飾尹志平）、
梅蘭（飾郭芙）、姜中平（飾霍都王子）

《神鵰俠侶（下集大結局）》講述楊過與小龍女逃出古墓後隱居荒山。一日，楊過的義父西毒歐陽鋒與楊過重逢，希望傳授蛤蟆功給他，便將小龍女點穴矇眼。此時，暗戀小龍女已久的全真道士尹志平（司馬華龍飾演）趁機輕薄，小龍女以為是楊過，所以沒有反抗。及後楊過練功回來，小龍女叫他改稱自己妻子，但楊過懵然不知，仍然叫她姑姑，小龍女以為他不認賬，遂負氣出走。

楊過下山尋找小龍女，偶遇陸無雙（由南紅兼演），無雙因偷走李莫愁從古墓奪得的《玉女心經》而被李莫愁追殺，楊過助她逃亡，被李莫愁發現，雙方大打出手。楊過幸得北丐洪七公相救，並得其傳授打狗棒法。

丐幫舉行盛典，各派豪傑聚集桃花島，金國霍都王子（姜中平飾演）、金輪法王（石堅飾演）及李莫愁（梁素琴飾演）突然前來挑釁。這時楊過與久別重逢的小龍女上陣迎戰，大敗三人。

司馬華龍（1921-2012），原名曾順釗，在《神鵰俠侶》飾演全真道士尹志平一角。

姜中平（1922-1999）也是光藝力捧的新星，專門安排他扮演反派角色，在《神鵰俠侶》一片中飾演霍都王子。

《神鵰俠侶》《三集》
The Story of the Great Heroes, Part Three

（古裝粵語片）

出品公司：峨嵋影片公司

上映日期：
1961 年 8 月 30 日

導演：李化

編劇：朱克

製片人：林炎（即李化）

主要演員：
謝賢（飾楊過）、
南紅
（分飾小龍女、陸無雙）、
梁醒波（飾周伯通）、
江雪（飾公孫綠萼）、
上官筠慧（飾郭芙）、
姜中平（飾霍都王子）、
石堅（飾金輪法王）、
林蛟（飾郭靖）、
袁小田、
李鵬飛（飾谷主）

謝　賢
南　紅
江　雪
上官筠慧
梁醒波
姜中平
林　蛟
石　堅
・主演・

三四集

神鵰俠侶

原著　金庸

・導演・
李化

編劇：朱克

製片：林炎
監製：閻武

《神鵰俠侶（三集）》講述楊過與小龍女計劃成親，但黃蓉一直阻撓，警告師徒戀將令楊過身敗名列、前途盡毀，小龍女決定悄然離別。楊過追尋小龍女期間，遇老頑童周伯通（梁醒波飾演），兩人結為忘年之交。

另一方面，小龍女因情傷咳血，得絕情谷谷主（李鵬飛飾演）相救，小龍女感恩答應下嫁對方。在大婚之日，霍都王子前來搶親，被追尋小龍女而至的楊過打敗。谷主因

妒楊過與小龍女情深難捨而動武，楊過不敵被擒，與小龍女同遭有毒的絕情花刺傷。

原來谷主的妻子裘千尺武功高強，卻被拋妻棄女的谷主幽禁多年，現在千尺得見天日，和女兒公孫綠萼（江雪飾演）一同制服谷主。正當以為她們解救了楊過和小龍女二人，但千尺之兄被郭靖夫婦所殺，她迫楊過在十五天內取回郭靖夫婦頭顱，代她報仇，以換取解藥，楊過遂偕小龍女往襄陽城等待下手的機會。

由粵劇名伶「丑生王」梁醒波（1908-1981）飾演銀幕上第一代周伯通，是絕佳人選。

江雪，1941年出生，繼嘉玲和南紅後加入光藝，與她們並稱「光藝三大花旦」。

《神鵰俠侶（四集）》
The Story of the Great Heroes, Part Four
（古裝粵語片）

出品公司：峨嵋影片公司

上映日期：1961 年 9 月 6 日

導演：李化

編劇：朱克

製片人：林炎（即李化）

主要演員：
謝賢（飾楊過）、南紅（飾小龍女）、林蛟（飾郭靖）、
石堅（飾金輪法王）、上官筠慧（飾郭芙）、
何驚凡（飾武敦儒）、司馬華龍（飾武修文）、
許瑩英（飾黃蓉）

襄陽城被忽必烈所領金兵圍困，郭靖、黃蓉夫婦奮力頑抗，以為楊過與小龍女前來相助，大表歡迎。郭靖徒弟武氏兄弟敦儒和修文出城殺忽必烈，事敗被擒。郭靖赴金營相救，險遭金輪法王刺殺，幸得楊過拔刀相助。

法王入城放火，臨盆在即的黃蓉得小龍女保護脫險，楊過施計引走法王。武修儒被法王毒器所傷，楊過不計較小時候被武修儒兄弟欺凌的往事，冒險為修儒吮出毒血，此舉反而以毒攻毒，化解了他身上的絕情花毒。郭靖助楊過重返古墓與小龍女重聚，並邀二人返襄陽城成親，有情人終成眷屬。

《神鵰俠侶》（三、四集）主要角色造型照：楊過、小龍女、公孫綠萼、郭靖、周伯通和金輪法王。

《鴛鴦刀》（上集、大結局）（1961）

元宵佳節

1961 年 1 月 11 日至 2 月 11 日，金庸在《武俠與歷史》雜誌分四期連載《鴛鴦刀》，同年 3 月 1 日和 8 日先後放映《鴛鴦刀（上集）》和《鴛鴦刀（大結局）》，剛好在該年 3 月 1 日元宵佳節上映。

從連載結束到電影上映只有 18 日，很明顯是有計劃地將小說連載時間和電影上映時間拉近，以加強宣傳效應。相信小說一早已完成，編劇李亨據此編寫電影劇本。事實上，《鴛鴦刀》電影在 1960 年 12 月 18 日開拍，當時每部粵語片拍攝時間約兩至三週，1961 年年初已完成拍攝工作。

《鴛鴦刀》電影一開始便是一組由女主角林鳳（1940-1976）揮灑雙刀的蒙太奇片段，林身材苗條，充滿活力，在武術指導袁小田的教導下，動作一板一眼，勁力十足，煞是好看。男配角李清飾演隱姓埋名的太監，演技一流。但可惜在劇情發展和演員整體表現上，都較之前的金庸小說改編電影為遜色，相信與超短製作時間不無關係。

《鴛鴦刀（上集）》和《鴛鴦刀（大結局）》在九間戲院上映，每部上映七天，每片同樣放映了 204 場，觀眾分別有 134,705 和 137,197 人次，成績不及前兩集《神鵰》電影。

1961 年 3 月 17 日，即《鴛鴦刀（大結局）》落畫後三天，峨嵋影片公司舉行「辛丑年春茗」，金庸也有參加，當日出席人士包括兩位老闆李化和聞武，導演李晨風、編劇朱克，以及吳楚帆、張活游、石堅、謝賢、嘉玲、周驄、梅蘭、夏萍等粵語片演員。

此時的金庸雖說已重返報業，集中寫作社論或評論文章，但仍然兼顧小說創作，因依賴連載小說吸引讀者。1961 年 7 月 8 日，在《明報》連載的《神鵰俠侶》告一段落，但在早兩天的 7 月 6 日，已開始在《明報》連載新作品《倚天屠龍記》，屬於《射鵰》、《神鵰》、《倚天》三部曲的第三部。在 1961 年，金庸仍然在《武俠與歷史》雜誌連載《飛狐外傳》。換言之，有幾天時間同時有三部金庸小說在連載。

峨嵋出品
武俠鉅片

鴛鴦刀

《鴛鴦刀（上集）》
The Mandarin Swords, Part One
（古裝粵語片）

出品公司：峨嵋影片公司

上映日期：
1961 年 3 月 1 日

導演：李化

編劇：李亨

製片人：林炎（即李化）

主要演員：
林鳳（飾楊／蕭中慧）、周驄（飾書生袁冠南）、
李清（飾蕭半天）、石堅（飾卓天雄）、
林蛟（飾林玉龍）、任燕（飾任飛鳳）、
袁小田（飾蕭適）、李月清（飾蕭大夫人／袁夫人）、
容玉意（飾蕭二夫人／楊夫人）、檸檬（飾癩丐）、
邵漢生（飾鏢頭周方）

林鳳，原名馮淑嫣（1940-1976），16 歲考入邵氏公司粵語片
組演員訓練班，出道後極受觀眾歡迎，稱為「銀壇玉女」，
1976 年不幸自殺身亡，享年 36 歲。

金庸此時的商業策略，是將其報紙和小說的目標讀者設定為香港、澳門、南洋和其他海外華埠的華人社會。同樣，金庸小說改編電影的觀眾，也集中在港澳及擁有龐大電影院線和觀眾群的各地華人社區。

《鴛鴦刀》電影本事

鏢頭周方（邵漢生飾演）奉朝廷之命護送武林寶物鴛鴦刀上京，御前侍衛卓天雄（石堅飾演）假扮盲人，暗中協助。相傳鴛鴦刀內藏天下無敵的秘密，江湖好漢多欲得之，反清英雄蕭半天（李清飾演）遂與師姪林玉龍（林蛟飾演）、任飛鳳（任燕飾演）夫婦密謀截劫，於客店乘亂奪刀，以助反清大業。半天的女兒蕭中慧（林鳳飾演）為逞強，試圖暗中偷刀，卻與身世不明的書生袁冠南（周驄飾演）爭奪寶刀，二人不打不相識，更互生情愫。

蕭半天與眾人會合後再謀奪刀大計，矯裝相士查探，與偽裝算命先生的天雄暗自較量。幾輪混戰後，鴛鴦刀終落在半天手上。半天將中慧許配予冠南，但在半天壽宴上，冠南卻發現半天的大夫人（李月清飾演）竟是其生母。大家頓時懷疑冠南與中慧為同父異母兄妹。

正當冠南與中慧均傷心失望時，「啞僕」（袁小田飾演）竟聲言二人非兄妹。半天卻不欲公開內情。眾人爭拗間，卓天雄率官兵尋至。

在《鴛鴦刀（大結局）》中，蕭半天家被官兵圍剿之際，他透露了二十年前的往事。原來蕭中慧本姓楊，與書生袁冠南的袁家本為世交，而鴛鴦刀本屬袁、楊兩家所有。後來卓天雄助朝廷奪去寶刀。蕭半天原為太監，打抱不平救出袁、楊兩位夫人及楊女中慧，但袁子冠南卻在途中失散。蕭半天為掩人耳目，佯稱兩位夫人為其妻妾，並認楊女中慧為女兒。此時眾人疑團盡釋。

天雄於此時擄去袁夫人要脅交出鴛鴦刀，袁冠南施計救母，自己卻身陷機關，幸得中慧夜探牢獄相救。其實卓天雄、蕭半天兩人搶到的都是假刀。後來一個瘋癲老丐（檸檬飾演）攜真刀出現在蕭半天的家門，並教楊中慧刀法，擊退清兵。老丐揭破鴛鴦刀內「仁者無敵」的秘密。當官兵追至，欲拘捕天雄時，蕭半天以德報怨保護他，天雄悔悟，決定改邪歸正。

林鳳簽名照。

周驄（1932年出生）也是光藝力捧的小生，在《鴛
鴦刀》的演技略顯稚嫩，但還算稱職。

《鴛鴦刀》（大結局）

The Mandarin Swords,
Concluding Episode

（古裝粵語片）

出品公司：峨嵋影片公司

上映日期：
1961 年 3 月 8 日

導演：李化

編劇：李亨

製片人：林炎（即李化）

主要演員：
林鳳（飾蕭／楊中慧）、
周驄（飾袁冠南）、
李清（飾蕭半天）、
石堅
（飾清廷侍衞 卓天雄）、
林蛟（飾林玉龍）、
任燕（飾任飛鳳）、
袁小田（飾啞僕蕭通），
李月清（飾袁夫人）、
容玉意（飾楊夫人）、
檸檬（飾癲丐）、
邵漢生（飾鏢頭周方）

《倚天屠龍記》（上、下集）（1963）

金庸首肯改編《倚天》

1963 年由張瑛出資拍攝，自導自演的《倚天屠龍記》（上、下集），製作水平不俗，張瑛對小說部分內容作出修改，全部徵得金庸同意，非常認真和誠懇。事實上，在早期金庸小說改編電影中，這兩部電影的結構比較嚴謹，人物描寫也較豐富。

金庸在電影特刊中也表示：

電影作了某些變動，例如武當七俠中最小的師弟改成了師妹，白眉鷹王殷天正提早出場，金毛獅王謝遜只瞎單眼等等。這些改變，張瑛兄每一件事都曾徵得我的同意……電影本身是一種創作，如果只是根據原作進行還原式的，依樣葫蘆的圖解，那不可能成為一部有趣味的完整的影片。

張瑛在電影改編過程中，將武當七俠的小師弟改為師妹施金鳳，由他第三任妻子楊茜擔綱演出，製造了男主角張翠山（張瑛飾演）與師妹和白眉教主之女殷素素（白燕飾演）之間的感情三角關係，加強了戲劇效果。兩位女性都是美麗能幹的俠女，一位是青梅竹馬的師妹，來自名門正派的大家閨秀，一直暗戀着師兄，而另一位是受名門正派人士敵視的「邪教妖女」。張、殷兩人的愛情路，注定崎嶇坎坷。

電影開始時，武當派掌門人張三丰（張生飾演）告訴一眾徒弟，最近江湖上各路英雄正在爭奪屠龍寶刀，傳說取得屠龍刀者，便能號令天下。三丰擔憂屠龍刀如落入壞人手中，可能危害漢人的江山，於是命三名徒弟——武當三俠俞岱岩（司馬華龍飾演）、五俠張翠山和七師妹施金鳳，下山後分頭追查寶刀下落。

張翠山武功高強、行俠仗義，也是三丰最愛惜的徒弟。他下山後邂逅殷素素，兩人一見如故。殷素素其後發現屠龍刀已落入俞岱岩手中，便用毒針打傷俞。後來因知道俞是張的師兄，於是女扮男裝，用重金請來龍門鏢局總標頭都大錦（白文彪飾演）等護送俞岱岩回武當山。很不幸，因為有人認為屠龍

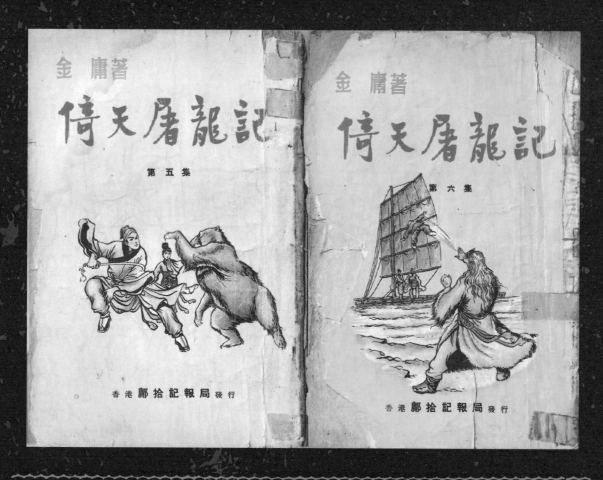

《倚天屠龍記（上集）》
Story of the Sword and the Sabre, Part One
（古裝粵語片）

出品公司：豪華影片公司

上映日期：1963 年 5 月 15 日

導演：張瑛

聯合導演：蔡昌

編劇：張瑛、李亨

製片人：張鐵、麥濤

主要演員：
張瑛（飾武當五俠 - 張翠山）、白燕（飾白眉教香主 - 殷素素）、
石堅（飾金毛獅王 - 謝遜）、楊茜（飾武當七俠 - 施金鳳）、
高魯泉（飾鶴筆翁）、張生（飾武當派祖師 - 張三丰）、
司馬華龍（飾武當三俠 - 俞岱岩）、
袁小田（飾少林高僧 - 圓業大師）、
白文彪（飾龍門鏢局總鏢頭 - 都大錦）

張瑛（1919-1984），本名張溢生，家中排名十四，因此人稱「十四哥」。1963年投資拍攝《倚天屠龍記》，在劇本編寫上花了很多功夫，受到金庸認可。

白燕（1920-1987），香港著名粵語片女演員，擅

白燕在《倚天屠龍記》中飾演殷素素一角,不但
第一次演出武俠片,更有女扮男裝的扮相,非常
俊俏。劇情提到因為殷素素女扮男裝,被誤會是
張翠山。

《倚天》電影後半段,白燕演繹慈母角色,駕輕就
熟,相信引起熟悉她的觀眾的共鳴。

刀仍在俞的手中，在返回武當途中，鏢局遇襲，俞岱岩更因無法還手，被人打至重傷癱瘓。

素素非常內疚，便遷怒於鏢局，鏢局的人想先下手為強將她殺死，她得知後更是忍無可忍，一氣之下將他們滿門殺死，期間又打傷保護鏢局的少林派人士。素素殺人時女扮男裝，被人誤會是張翠山所為。少林派也因此與武當派結怨。這一切翠山都蒙在鼓裏，並不知情。

另一方面，素素奪回屠龍刀後，便邀請翠山去王盤山參加白眉教「揚刀立威」典禮，期間金毛獅王謝遜（石堅飾演）出現，成功搶奪屠龍刀，並在王盤山殺人滅口。張、殷二人幾乎死在謝遜之手，幸好張翠山非常機智，在比武中險勝謝遜。謝遜無可奈何，既然不能將張、殷滅口，只好脅持他們同往荒島，免得他們洩漏屠龍刀的下落。

在島上，謝遜廢寢忘食地研究屠龍刀的秘密，但始終徒勞無功，有時行為正常，但有時又變得瘋瘋癲癲，有一次更得了重病。張非但沒有乘機殺他，反而用心照顧，直到他康復。謝和張、殷相處了一段時間，大家建立了互信和友誼，謝遜與張翠山更結拜為兄弟。另一方面，張、殷二人也在島上成親，素素不久懷孕。謝得悉後，更鼓勵張、殷二人離開荒島返回中原。

回到中原後，素素隨翠山回武當拜見師父張三丰。這時岱岩認出素素乃當日傷他之人，素素留書出走。翠山得知真相，追殺素素，並於破廟尋得素素。正值素素臨盆在即，翠山不忍下手。電影第一集在此結束。

白燕首次演出武俠片，焦點仍然放在感情戲上。上集前半段飾演幹練好勝、武功高強的俠女，到電影尾段，角色從俠女變成偉大的慈母，電影調子一下子變為走文藝倫理片路線，頗為有趣。

情義兩難全

下集講述素素誕下麟兒張無忌，一家決定返回荒島，無忌拜金毛獅王為義父。原本張翠山和殷素素擬在荒島長住，遠離江湖紛爭，但當他們知道以少林為首的各大門派，為了奪取屠龍刀而上武當山向張三丰要求交出他時，翠山不想連累張恩師，決定回武當面對。

但這樣令翠山再次捲入武林鬥爭之中。返回中原後，已有人得悉他們的行蹤，並擄走年幼的張無忌（由童星梁家寶反串飾演），希望從他口中得知謝遜的下落，但無忌被打傷也不願意透露義父在哪裏。張翠山尋回無忌，隨即趕往武當山，希望師父張三丰能救兒子一命。

此刻，張翠山發覺素素原來一直隱瞞真相，事實上龍門鏢局滿門被殺就是她所為，這讓翠山非常悲傷。既然他不可能出賣謝遜，也不想各大門派繼續騷擾武當派，於是在情義兩難全下，他選擇獨自承擔所有責任，以自殺謝罪。殷素素眼見翠山已死，傷

心欲絕，自己也愧疚而自盡。

　　電影去到尾聲，目睹父母相繼自殺的無忌，頓成孤兒。他身受重傷，但知道自己不能死，要替父母報仇。他一邊哭着一邊環視來到武當山上覬覦屠龍刀的各大門派，用稚嫩的聲音控訴害死父母的人，並告訴他們，他今天會記住他們的樣貌，長大後一定替父母報仇。

　　結局以悲劇收場，讓觀眾唏噓不已。

《倚天屠龍記（下集）》

**Story of the Sword and
the Sabre, Part Two**

（古裝粵語片）

出品公司：豪華影片公司

上映日期：1963 年 5 月 22 日

導演：張瑛

聯合導演：蔡昌

編劇：張瑛、李亨

製片人：張鐵、麥濤

主要演員：
張瑛（飾張翠山）、白燕（飾殷素素）、楊茜（飾施金鳳）、
石堅（飾金毛獅王謝遜）、梁家寶（反串童年張無忌）、
李鵬飛（飾白眉鷹王殷天正）、黃侃（飾空聞大師）、
張生（飾張三豐）

《倚天屠龍記》（三集、四集大結局） （1965）

伶人參演

1965 年迎來了金庸作品改編電影的另一個新嘗試，這次電影由粵劇界名伶林家聲、陳好逑和陳寶珠參與演出，分別扮演《倚天屠龍記》中張無忌、趙明和周芷若的角色，並在電影中加插粵曲演唱和少量神怪電影經常採用的動畫技術（報章廣告中聲稱「特技夠巴辣」）。

林家聲、陳寶珠、陳好逑和李紅在電影中都有演唱粵曲，令《倚天》三集和四集大結局成為少數有粵曲成分的金庸小說改編電影，也反映這些電影「在地化」的一個嘗試，希望吸引喜歡粵劇的觀眾觀看。

《倚天屠龍記》三集和四集大結局人物眾多，在交代情節上比較混亂，導演功力和演員演技不及前兩集，導致人物性格未能在電影中充分發展出來，比較可惜。

表 6　參與首批金庸小說改編電影的粵劇伶人

首映年份	片名	粵劇名伶
1958 及 1959	《射鵰英雄傳》及二集	陳錦堂、李香琴、黎坤蓮
1958 及 1959	《碧血劍》（上、下集）	陳好逑、羅艷卿
1960	《書劍恩仇錄》（上、下集、大結局）	陳錦堂、梁素琴、石燕子
1960 及 1961	《神鵰俠侶》（上、下、三、四集）	南紅、梁素琴、梁醒波、何驚凡
1961	《鴛鴦刀》（上集、大結局）	──
1963	《倚天屠龍記》（上、下集）	──
1964	《倚天屠龍記》（三集、四集大結局）	林家聲、陳好逑、陳寶珠
1965	《雪山飛狐》（上集、大結局）	──

《倚天屠龍記（三集）》
Story of the Sword and the Sabre, Part Three
（古裝粵語片）

出品公司：揚子江影業公司

上映日期：1965 年 6 月 30 日

導演：楊工良

編劇：楊工良

製片人：江揮、梁景博

主要演員：
林家聲（飾張無忌）、陳好逑（飾趙明）、李紅（飾小昭）、陳寶珠（飾周芷若）、呂悅萍（飾楊不悔）、李鵬飛（飾圓真）、
少新權（飾空智大師）、張生（飾張三豐）、吳桐（飾楊逍）、張作舟（飾殷天正）、梅欣（飾說不得）、司馬華龍、
蕭仲坤（飾俞岱岩）、容玉意（飾滅絕師太）、林通（飾殷利亨）、袁小田（飾鹿杖客）、梅蘭（飾殷離）、劉家良（飾韋一笑）

林家聲（1933-2015），本名林曼純，1948 年成為
薛覺先最後一名弟子，在粵劇界享譽盛名。

陳好逑（1932-2021），為首位拜京劇武旦、刀馬
旦粉菊花（1900-1994）為師的香港伶人，師弟妹
包括羅家英和陳寶珠。

陳寶珠（1946 或 1947 年出生），為粵劇名伶陳非儂、宮粉紅夫婦的養女，自幼隨他們學習粵劇，七歲拜粉菊花為師，學習京劇「北派功夫」。

李紅，1941 年出生，1960 年代香港粵語片女演員，曾出演新馬師曾的「七日鮮」鬧劇、關德興的黃飛鴻系列，在林家聲主演的《倚天屠龍記》系列電影中飾演小昭一角，1990 年代以本名李佩英從政，擔任香港特別行政區南區區議員。

①

張無忌（林家聲飾演，右）已長大成人，並因機緣巧合練成了《九陽真經》，內功大增。但當他探聽到蒙古郡主趙明（陳好逑飾演）準備藉六大派消滅明教的計劃時，不慎被暗器所傷，逃到一個村落，剛巧遇到一位善良的姑娘殷離（梅蘭飾演，左）把他救起（此段林家聲唱粵曲）。原來殷離是張無忌的表妹，殷素素兄長殷野王的女兒。

梅蘭在《倚天屠龍記》中飾演殷離一角，後來加入電視圈，成為甘草演員，經常飾演管家婆和傭人等角色。

② ③

張無忌（左一）為了阻止由峨嵋派掌門人滅絕師太（容玉意飾演，前排中間）領導的六大派人士圍剿明教，假扮曾阿牛，願意連續接她三掌（掌鋒用動畫表達）。左二為殷離（梅蘭飾演），右一為周芷若（陳寶珠飾演）。峨嵋派為郭靖幼女郭襄所創辦。

滅絕師太（中排右四）命徒弟周芷若（中排右二）用倚天劍與張無忌（中排左二）比試。張、周二人小時候已相識，當時無忌父母剛自殺身亡，他自己也身受重傷，幸得芷若悉心照顧，對於這份恩情，他一直銘記心中。

④

滅絕師太（容玉意飾演，左）命徒弟周芷若（陳寶珠飾演，右）用倚天劍，與張無忌比武。無忌無心戀戰，被芷若一劍刺傷。此時明教緩兵到達，滅絕師太率領六大派離開。

⑤

明教「五散人」之一「布袋和尚」說不得（梅欣飾演）忽然出現，將受傷的張無忌（林家聲飾演，左二）放進布袋，不由分說將他帶到西域崑崙山明教總部光明頂，那裏遇上了明教左使楊逍等明教高層，因教主失蹤多年始終未能選出新教主而內訌。歸順蒙古的圓真和尚（李鵬飛飾演）乘機偷襲，同時道出自己真正身份是成崑，當年私通教主夫人而氣死教主。

無忌追捕圓真，在楊逍的婢女小昭（左一，李紅飾演）的協助下，進入光明頂的密室，在那裏見到前教主的骸骨，並找到失落多年的《乾坤大挪移秘笈》（此段林家聲和李紅演唱粵曲）。

⑥

光明頂被六大派圍剿，群龍無首，楊逍楊左使（吳桐飾演，林家聲右邊第二人）、殷天正（張作舟飾演，林家聲左邊第一人，穿深色衣服者）等推舉張無忌（林家聲飾演，中）為新教主，在無忌的領導下，明教突破六大派的圍堵。

⑦

另一方面，峨嵋派滅絕師太（右）念念不忘要報仇，她看得出張無忌對周芷若的微妙感情，因此利誘威迫周芷若，讓她接掌峨嵋派掌門人，並命她利用機會接近張無忌，將他殺死。自幼已是孤兒的周芷若，視師太如母親，只好勉強答應（此段前講陳寶珠正在練武［婀娜多姿，好身手！］，又因感懷身世唱起粵曲）。

⑧

張無忌（左三）發現師叔武當六俠殷利亨（殷梨亭）被少林武功重創後，率領明教一眾人士去少林查明真相，豈料少林已遭襲擊。無忌於是決定先回武當。後排左起：無忌外公白毛鷹王殷天正（張作舟飾演）、青翼蝠王韋一笑（劉家良飾演）、張無忌、殷利亨（林通飾演）、楊不悔（呂悅萍飾演）、小昭（李紅飾演）。前排左一坐者為說不得（梅欣飾演），左二為楊逍（吳桐飾演）。

《倚天屠龍記（四集大結局）》
Story of the Sword and the Sabre, Part Four
（古裝粵語片）

出品公司：揚子江影業公司

上映日期：1965 年 7 月 7 日

導演：楊工良

編劇：楊工良

製片人：江揮、梁景博

主要演員：
林家聲（飾張無忌）、陳好逑（飾趙明）、李紅（飾小昭）、
陳寶珠（飾周芷若）、呂悅萍（即呂月萍，飾楊不悔）、唐佳（飾范遙）、
梅欣（飾說不得）、周吉（飾冷謙）、香海（飾周顛）、劉家良（飾韋一笑）、
司馬華龍、蕭仲坤（飾俞岱岩）、容玉意（飾滅絕師太）、
少新權（飾空智大師）、袁小田（飾鹿杖客）、張生（飾張三丰）

① 蒙古郡主趙明想透過製造六大派與
明教的矛盾，削弱他們的力量，
從而讓蒙古更易於操控武林。這天
她邀請張無忌和明教高手往綠柳山
莊，趙明宴請他們期間離座，桌上
留下疑似倚天劍。張無忌發覺後想
告訴趙明，離開飯廳，但明教其他
人士卻急不及待把劍拔出細看，原
來只是一把檀香劍。

　　他們離開後不久，發覺全部人
都中毒，原來藥物混入檀香後，
毒性才釋出。明教各人隨即打坐調
息，封閉穴道避免毒性入侵臟腑要
害。無忌只好折返綠柳山莊，想方
法向趙明取得解藥。

②

趙明（陳好逑飾演，左）對張無
忌心生好感，落毒一事純屬作弄
之舉。無忌來到綠柳山莊，趙明堅
決不肯交出解藥（此時二人演唱粵
曲）。雙方爭持之下不慎跌進機關
密室，張無忌急得如鍋上螞蟻。但
他人急智生，點穴讓趙明動彈不
得，然後耍賴，明言如果趙明不讓
他離開，就要把她的衣服脫光。趙
明既怒且羞，只好答應。

③

此時無忌返回武當山，把自己裝扮成道童，潛入道觀。眼見張三丰（張生飾演，右一）為了要醫治中毒的徒弟殷利亨（中坐者）（新版小說改名殷梨亭），功力大減。

④

蒙古郡主趙明（前排左二）率領玄冥二老鶴筆翁（馮敬文飾演，前排右二）和鹿杖客（袁小田飾演，前排左一），趁虛而入上來武當山搗亂，還佯稱自己是「張無忌」。

張無忌見師祖張三丰元氣大傷，未能應付蒙古郡主一眾手下，於是佯稱自己只是武當一名普通道童，要替張三丰出戰。他運用九陽真經，打敗了鹿杖客（右）等高手。

趙明手下大敗，發現原來小道童是張無忌假扮，只好答應交出解藥。其實早前贈送張無忌的簪子中已藏了解藥，因為無忌把簪子轉送他人，所以她不早點告知。

⑤ ⑥

⑦

六大派高手仍然被趙明囚禁於萬法寺的佛塔內，趙明召見峨嵋派掌門人周芷若，威迫利誘她歸順蒙古，被她拒絕。此時，張無忌率領明教高手硬闖萬法寺，救出六大派高手。電影至此結束。

《倚天屠龍記》「公仔紙」（錯印了「神鵰俠侶」四字）。金庸作品透過小說、電影、電台廣播等媒體深入人心，大受歡迎，商人也趁機製作了稱為「公仔紙」的遊戲卡紙，上面印有不同圖案，用剪刀裁切為小卡片後，用作不同遊戲。1950至1960年代，在香港孩童間非常流行。

《雪山飛狐》（上集、大結局）（1964）

電影改編

1964 年上映的《雪山飛狐（上集）》和《雪山飛狐（大結局）》，任用二十多歲的江漢（1939-2017）和歐嘉慧（1938-2020）。江漢，原名姜永明，父親姜明在長城電影《絕代佳人》一片中飾演魏王一角。

《雪山飛狐》是一個「冤冤相報何時了」的故事，講述胡、苗、范、田為闖王李自成的侍衞，胡被誤以為投效清廷而遭殺害。三十年後，胡的兒子胡一刀（江漢飾演）為父平反，三老以死謝罪。

苗的兒子苗人鳳（吳殷志飾演）卻執意要為父報仇，來到客店找胡一刀。店主閻基（石堅飾演）覬覦一刀的家財，暗中在人鳳的劍上塗上毒藥，一刀受傷而亡。閻基欲殺其子胡斐以絕後患，幸啞巴平阿四將他救出。

胡斐長大後，追查到閻基已遷往佛山，於是從冰天雪地的北方一路南下，途中認識女扮男裝的袁紫衣（歐嘉慧飾演），結伴同行，後來才發現袁是女兒身（情節一如《射鵰英雄傳》的郭靖、黃蓉，或《碧血劍》的袁承志和溫青青）。在佛山開罪勾結清廷、化名鳳人英的閻基，兩人於古廟中激戰。

這時官兵來到古廟，將其重重包圍，並放火焚燒，胡斐在紫衣的協助下逃脫。

根據戲橋，《雪山飛狐（大結局）》的內容對原著進行了大幅度改編。原來胡一刀的妻子（陳惠瑜飾演）千方百計要為丈夫報仇，派人毒瞎了苗人鳳（吳殷志飾演），想趁他眼睛看不到東西時將他殺死。胡斐不知就裏，見義勇為，為了救助苗人鳳，反而與母親大打出手。

胡妻在佛山與閻基（石堅飾演）相遇，認得他是當年客店的老闆，不知道閻基才是殺他丈夫的真兇。

電影到最後真相大白，眾人得知閻基才是間接殺害胡一刀的真兇，於是合力除害。

《雪山飛狐》上集及大結局，將金庸小說大幅度改編。由於電影失傳，未能判斷改編後的效果如何。但從本事中看，原著精神相信已完全被忽略。

金庸小說改編電影至今都面對着「是否

《雪山飛狐（上集）》

The Flying Fox over the Snowy Hills, Part One

（古裝粵語片）

出品公司：峨嵋影片公司

上映日期：
1964 年 3 月 25 日

導演：李化

編劇：李亨

製片人：林炎（即李化）

主要演員：
江漢（分飾胡一刀、胡斐）、
歐嘉慧（飾袁紫衣）、
李月清、石堅（飾閻基）、
吳殷志（飾苗人鳳）、
袁小田（飾劉鶴真）、
高魯泉（飾朝奉）、
西瓜刨、楊業宏、
陳惠瑜、鶯鶯（即上官玉）

《雪山飛狐（大結局）》
The Flying Fox over the Snowy Hills , Concluding Episode
（古裝粵語片）

出品公司：峨嵋影片公司

上映日期：1964 年 4 月 1 日

導演：李化

編劇：李亨

製片人：林炎（即李化）

主要演員：

江漢（飾胡斐）、歐嘉慧（飾袁紫衣）、李月清、石堅（飾閻基／鳳人英）、
鶯鶯（即上官玉，飾程靈素）、吳殷志（飾金面佛／苗人鳳）、
陳惠瑜（飾斐母）、袁小田（飾劉鶴真）

《雪山飛狐（大結局）》戲橋中的本事，改編幅度頗大。

歐嘉慧（1938-2020），原名歐淑芬，於 1950 年代中後期進入邵氏公司粵語片組拍攝電影，1970 年加入電視廣播有限公司（TVB），1973年與著名司儀何守信結婚，兩年後離婚，其後退出影壇移民美國再婚。歐是游泳健將，有「影壇女飛魚」之稱。歐嘉慧在《雪山飛狐》中飾演袁紫衣一角，屬於豪爽有情有義的俠女。

忠於原著」的問題，不忠於原著是否就意味着電影不受歡迎，事實證明不是必然。大幅度改編金庸原著而仍然受觀眾歡迎的電影，也不是沒有。對於不少電影人來說，改編金庸小說拍攝電影，又成為一種二次創作的契機，可以發揮他們的想像空間。

曲終人散

李化 1964 年執導兩部《雪山飛狐》電影，不但是他拍攝的最後兩部金庸小說改編電影，而且也是峨嵋影片公司出品的最後兩部金庸電影。

峨嵋在 1965 年也有製作數齣武俠片，但不久就結業。1960 年代中後期，面對 1967 年的反英抗暴，社會氣氛緊張，加上粵語片式微，李化也為了節省開支，決定遷居澳門，未有再捲土重來，1975 年離世。

那些由他保存的金庸電影拷貝，也不幸遭損毀，不少沒有留下來。直到最近，本書中討論到的首批金庸小說改編電影，超過一半都被認為已經失傳。

很幸運，包括 1958 年《射鵰英雄傳》在內地的電影拷貝，又從海外發掘出來，加上筆者收藏的電影特刊、劇照和其他資料，讓這些電影的內容首次較完整地呈現在讀者眼前。

事實上，自從《雪山飛狐》（上集及大結局）（1964）及《倚天屠龍記》（三集及四集大結局）（1965）上映後，1960 年代中後期只有三部金庸小說改編電影上映，即《中原奇俠》（1966）、《神劍震江湖》（1967）及《鐵骨傳》（1969），一直到 1976 年，香港佳藝電視（簡稱「佳視」）首次將金庸小說搬上螢光幕，以及 1977 年倪匡（1935-2022）開始為邵氏兄弟（香港）有限公司（簡稱「邵氏」）編寫多部金庸小說改編電影的劇本，才根本改變了金庸影視作品沉寂多年的情況。

光輝再現

1976 至 77 年迎來金庸影視作品又一個黃金時期。在電影方面，倪匡幾乎是以一人之力替邵氏寫了大量金庸小說改編劇本，包括《射鵰英雄傳》（1977，張徹導演）、《天龍八部》（1977，鮑學禮導演）、《笑傲江湖》（1978，孫仲導演）、《射鵰英雄傳續集》（1978，張徹導演）、《連城訣》（1980，牟敦芾導演）、《飛狐外傳》（1980，張徹導演）、《碧血劍》（1981，張徹導演）、《書劍恩仇錄》（1981，楚原導演）、《射鵰英雄傳第三集》（1981，張徹導演）等。另外，楚原也為邵氏編導《倚天屠龍記》（1978）及《倚天屠龍記大結局》（1978）等電影。上述都是國語電影。

根據許德成在〈淺談金庸小說改編電影〉一文中的統計，金庸小說改編電影的數目，1950 年代有 4 部，1960 年代有 22 部，1970 年代有 8 部，1980 年代有 20 部，而 1990

1981年《射鵰英雄傳第三集》在馬來西亞安順上映時派發的宣傳單張。
該片由張徹導演、倪匡編劇。

佳視在 1976 年 4 月 12 日《射鵰英雄傳》電視劇首播當日在報章上刊登的廣告。

《佳視週刊》第 53 期封面上是《射鵰英雄傳》主角郭靖（白彪飾演，左）和楊康（梁小龍飾演，右）對打的鏡頭。雜誌上有白彪的簽名。

年代有 15 部。

電視方面，無論是佳視或 TVB 所推出的金庸電視劇都取得非常理想的收視，包括佳視的《射鵰英雄傳》(1976)、《神鵰俠侶》(1976)、《碧血劍》(1976 / 1977)、《鹿鼎記》(1977) 及《雪山飛狐》(1978)；以及

TVB 的《書劍恩仇錄》(1976)、《倚天屠龍記》(1978)、《天龍八部》(1982)、《射鵰英雄傳》(1983)、《神鵰俠侶》(1983) 等。

進入 1980 至 90 年代，中國內地和台灣地區也推出大量金庸影視作品，這個趨勢是在金庸百歲誕辰的今天還沒有停止的跡象。

佳視播出的金庸電視劇捧紅了米雪（飾演黃蓉，左圖中）、李通明（飾演小龍女，左圖右下）、文雪兒（飾演溫青青，左圖上）等多位香港藝人，也掀起一股武俠電視劇熱潮。商人為了利潤製作《今日之星》特刊這類紀念出版物。

結語
——從笑傲江湖到家國情懷

☆★☆★☆☆☆☆★☆★☆★☆★☆★☆★☆★☆★☆★☆★☆☆★☆

1951 至 61 年間，正是金庸 27 至 37 歲之間的青壯時期，1955 年因寫武俠小說而成名，1959 年創辦《明報》，無疑是兩個奠定他作為著名小說家和報業大亨的里程碑，但在這黃金十年中，電影成為他最為熱愛的事業，期間投放了極大精力，全心全意地參與。

但如此重要的研究題目，卻一直未出現一本較為全面的著作，將金庸的電影歲月，作有系統的介紹和分析，更不用說對金庸在這段期間的電影工作，如何對香港乃至整個華人社會的流行文化發展作出的貢獻，提出任何評價。筆者希望藉着本書，能夠填補這個空白。

歲月靜好的黃金十年，表面看來更像是悠長假期——自 1951 年 5 月 8 日開始發表第一篇影評〈幾度山恩仇記〉，金庸在接下來的十年，在《新晚報》和《大公報》的副刊，以及《長城畫報》，以姚馥蘭、林子暢、蕭子嘉、姚嘉衣及林歡等筆名寫影評和影話，估計逾千篇，超過一百萬字，也曾為《新電影》雜誌編輯稿件，為長城電影製片有限公司創作了二三十個電影劇本，其中八個拍成電影，包括一部與他人合作導演的作品，另外那部合作導演的作品《王老虎搶親》並非由他編劇。他也替多部電影的歌曲填詞。

每天看看電影，讀讀書，做點翻譯，寫點影話，嘗試編劇，做導演，甚至寫武俠小說——雖說工作上不必理會江湖恩怨，自由自在，如笑傲江湖，但在當時的客觀環境下，主要目的還是為了娛樂讀者，最終不能逃脫市場帶來的枷鎖，文化產品被迫媚俗，質量亦將隨之下降，如果再走下去，相信將越發偏離他「遍讀群書，經世致用」的初心。

回望當初，1941 年 9 月 4 日，金庸發表首篇文章〈一事能狂便少年〉，已表達了一位愛打抱不平的年輕人，在面對國破家亡的傷痛時，如何理性思考更深刻的人生意義問題，但如果沒有一份「狂」願意豁出去，

如何救國？沒有一份君子坦蕩蕩的「真」，如何能為生民立命，為往聖繼絕學，為萬世開太平？但命運又讓他歷盡艱辛，似乎又應驗了「故天將降大任於斯人也，必先苦其心志，勞其筋骨，餓其體膚」這句話。金庸兩次因敢言而失學，因戰爭失去了母親和弟弟，因出身背景失去了當外交家的機會，因政治運動失去了父親，又因誤會而失去了妻子。

因此，那段相對平靜的電影歲月，表面上恍如寧靜的西湖，但對金庸來說，卻隱藏着澎湃的錢江潮聲。1950年代初期的香港，經歷着朝鮮戰爭爆發後的地緣政治變化，在英國殖民統治下，冷戰意識形態的二元對壘、西方流行文化的衝擊，都在推銷自己那一套「真理」。那時候的金庸，開始醒悟「文不一定要載道」，更不需說教，他透過電影和小說，建立了一個隱喻的江湖，讓觀眾讀者自己去感受中國的美好、醜陋和困惑，讓他們靜下心來，思考中國人如何撫平抗戰、內戰和朝鮮戰爭所帶來的創傷，並走出內部政治鬥爭的陰影，最終迎來中華民族的復興。

金庸的電影事業，表面上業績並不亮麗，在藝術成就上還未到「大師級」水平（正如不斷有人重提「金庸武俠小說是不是或夠不夠資格稱為文學」這個「偽命題」），但這只是因為他真正的目的不是為了展示什麼「招式」（藝術元素），而是在吸納各家各派的「內功心法」（文化內涵），這個過程

將東西方文化精髓融會貫通，同時利用了上海—香港—南洋—歐美這個貫穿南北的文化產業鏈，為電影、小說、報章、雜誌等文化產物（包括他旗下的明河社、《明報》、《明報月刊》、《明報周刊》等），建立全球性的知識分享及交流渠道，為全球華人建立一個展現民族特色和風采的文化想像空間。有人說「有華人的地方，就有金庸的武俠」，其實因果對調——金庸武俠世界的出現，提供了一個「文化中國」的想像空間，也加強了「華人」的身份認同。

談到這裏，我們不禁想到《射鵰英雄傳》小說中那位雙腿殘廢、有志難伸的「歸雲莊」莊主陸乘風，他雖然遭遇不公對待，被師父挑斷腳筋，卻從來沒有怨恨師父，他在太湖過着半隱居的生活，仍然心繫江湖，行俠仗義。金庸小說情節其中一個公式，就是「為父報仇」的故事，但主人公最後往往能放下個人仇怨，做到俠之大者，《神鵰俠侶》中的楊過，就是很好的例子。他誤會父親楊康之死是郭靖所為，當武功練至超凡時，就想找機會殺了郭靖報仇，到最後大徹大悟，明白到真正的俠義志士，必須把個人恩怨放在一邊，而將精力投放在保家衛國上。

1959年，金庸創辦《明報》，除了利用暢銷的武俠小說招徠讀者，他也回歸初心，在放下電影圈的工作後，透過社論和其他評論文章，重新投入國家發展議題的討論。其間經歷各種風風雨雨，屬於金庸人生另一

個階段的故事，暫且按下不表。但無可否認的是，要真正了解這位以武俠小說和辦報聞名於世的傑出華人，並不能只研究他小說或社論的文本，同樣重要的是了解他身處的歷史環境，對他國際關係學者、翻譯家、電影人、小說家、報人、社會運動家等多重身份，有更立體的認識。本書聚焦他的電影生涯，也旁及其他方面，希望為未來研究者整理一些資料，甚或帶來一些啟發。

金庸那一代經歷國破家亡和政治鬥爭的知識分子，都是「武林高手」，他們有些選擇笑傲江湖，獨來獨往，屬於出世的俠客；但也有些如金庸者，是入世的儒俠，他們始終心繫祖國，一生為改善中國人民福祉為己任，心中則充滿家國情懷，積極參與社會改革，為中華民族復興無私奉獻，就算犧牲自我也在所不辭。他們明白到，為國為民，乃俠之大者。

附錄
金庸編劇、執導及小說改編電影列表
（1953-1965）

上映日期	片名	導演	編劇	出品公司
1953.9.22	絕代佳人 *Peerless Beauty*	李萍倩	林歡（即金庸）	長城電影製片有限公司
1954.2.2	歡喜冤家 *Merry-go-round*	程步高	蕭鳳；林歡（即金庸）寫初稿《二度梅》，然後胡小峰、程步高修訂	長城電影製片有限公司
1955.7.14	不要離開我 *Never Leave Me*	袁仰安	林歡（即金庸）	長城電影製片有限公司
1956.9.18	三戀 *The Three Loves*	李萍倩	林歡（即金庸）	長城電影製片有限公司

演員	幕後
平凡（飾信陵君），夏夢（飾如姬），姜明（飾魏王），蘇秦（飾侯生），樂蒂（飾侯可肩），唐龍（飾趙使），李次玉（飾李實），孫芷君（飾蔡尚禮），高翔，陳靜波（飾弄臣），金沙（飾須賈），王潔民（飾朱亥），張錚（飾秦使），鄒雷（飾晉鄙），錫根，許行，陳約瑟，依蘭，陳之秀，張浩，沈淵，潘蓉蓉，雲龍，王月汀，長城歌踊團，石慧，傅奇，龔秋霞，翁木蘭	製片人，袁仰安；製片主任，沈天蔭；副導演，蘇誠壽，金沙，李次玉；攝影指導，董克毅；攝影，董紹良；剪輯，莊文郎；音樂，草田，于粦；作曲，草田，于粦；作詞，楊髦；錄音，洪正卿；錄音助理，夏培齡，岳敬遠；舞踊指導，伍依文，朱琴心；佈景美術，萬古蟾，萬籟鳴；燈光，費關慶；化粧，宋小江，黃韻文；化粧助理，黎兆華；服裝，陳達卿，孫芷君；道具，張佐義；陳設，顧金福；劇務，潘守華；場務，孫勳；場記，吳佩蓉；洗印，關鎣俊
夏夢（飾張清萍），傅奇（飾華爾康），黎小田（飾華小康），林靜（飾姑母），朱莉（即朱立、飾方慧芬），蘇秦（飾陸祖培），孫芷君，翁木蘭（飾陸祖培妻），張浩	製片人，袁仰安；副導演，胡小峰
夏夢（飾穆桑青），洪亮（飾龔尹吾），張錚（飾樂師甲），金沙（飾樂師乙），張浩（飾樂師丙），蕭亮（即蕭芳芳）（飾胡稚青），劉戀（飾姑媽），平凡（飾郭樹聲），傅奇（飾胡敬仁），孫芷君（飾郭院長），李次玉（飾王為國），朱莉（即朱立）（飾龔妻），石慧（客串飾女鋼琴手），樂蒂，張冰茜，金眉，毛妹，沈家駿，繆亦實	製片人，袁仰安；副導演，金沙，傅奇；攝影，董克毅；配樂，黎草田（即草田）；美術，萬籟鳴；佈景，萬古蟾；場記，石慧，繆亦實
鮑方（飾殷兆宗），毛妹（飾艾婉華），傅奇（飾虞百城），張冰茜（飾陸雪），樂蒂（飾李露茜），朱莉（即朱立）（飾張曼莉），喬莊（飾俞傳寧），夏夢（飾白伊雯），王臻（飾王小姐），黎雯（飾房東太太），花碧霞（飾音樂學生）	製片人，袁仰安；製作主任，沈天蔭；攝影指導，董克毅；攝影，董紹良；攝影助理，沈民輝；剪輯，莊文郎；音樂，草田；燈光，費關慶；劇務，潘守華；場記，繆亦實；錄音，洪正卿；錄音助理，許仁浩；佈景，萬古蟾；化妝，黃韻文；道具，顧金福；服裝，陳達卿；場務，孫勳

上映日期	片名	導演	編劇	出品公司
1957.4.18	小鴿子姑娘 *The Fairy Dove*	程步高	林歡（即金庸）	長城電影製片有限公司
1958.1.9	蘭花花 *When You Were Not With Me*	程步高	林歡（即金庸）	長城電影製片有限公司
1958.10.23	射鵰英雄傳 *Story of the Vulture Conqueror*	胡鵬	苗青	峨嵋影片公司
1958.11.6	有女懷春 *The Nature of Spring*	程步高、林歡（即金庸）	林歡（即金庸）	長城電影製片有限公司
1958.12.3	碧血劍（上集） *Sword of Blood and Valour, Part One*	李晨風	李晨風	峨嵋影片公司

演員	幕後
傅奇（飾大平），石慧（飾小鴿子姑娘），姜明（飾錢老爺），金沙（飾趙老爹），王季平（飾老孫），孫芷君（飾吳老漢），王熙雲（飾錢妾），王玲（飾錢女），李丹薇（飾王母），藍青（飾周婆婆），朱莉（即朱立）（飾趙女），管吾（飾阿福），郭清江（飾小李），容曼宜（飾趙大娘），孫華（飾王阿玉），夏雯（飾陳三嫂），容莉莉（飾小姐），司徒霖（飾吳阿七）	製片人，呂鈞；製作主任，沈天蔭；助導，李啟明；攝影，董克毅；助理攝影，沈民輝，董耀庭；剪輯，莊文郎；音樂，于粦；燈光，費關慶；錄音，洪正卿；錄音助理，岳敬遠，張望；美術，藍白；化粧，黃韻文，吳佩蓉；服裝，繆亦實；道具，黃敏翔；陳設，顧金福；佈景，王季平；劇務，徐錦文；場務，孫勳；場記，白荻
石慧（飾周蘭），傅奇（飾王康明），王季平（飾傅經理），金沙（飾馬仁世），李次玉（飾沈崇貽），翁木蘭（飾房東太太），朱莉（即朱立）（飾江靈雲），蘇秦（飾吳承祖），孫芷君（飾曹導演），張錚（飾周煥文）	製片人，袁仰安；製作主任，沈天蔭；副導演，蘇誠壽，李次玉；攝影指導，董克毅；攝影，董紹良；助理攝影，沈民輝；剪輯，莊文郎；音樂，草田，于粦；錄音指導，洪正卿；錄音，夏培齡；錄音助理，岳敬遠；佈景美術，萬古蟾，萬籟鳴；燈光，費關慶；化粧，黃韻文；服裝，陳達卿；道具，張佐義；陳設，顧金福；劇務，潘守華；場務，孫勳；場記，吳佩蓉；洗印，關鋈俊
李清（飾楊鐵心／穆易），梅綺（飾包惜弱），曹達華（飾郭靖），容小意（飾黃蓉），石堅（飾丘處機），林蛟（飾楊康／完顏康），李香琴（飾李萍），黃楚山（飾王處一），黎坤蓮（飾穆念慈），何山（飾完顏烈），胡笳（飾韓小瑩），李月清（飾哲別妻），劉少文（飾郭嘯天），王愛明（飾幼年郭靖），朱超（飾段天德），林魯岳（飾哲別），邵漢生（飾柯鎮南），吳殷志（飾朱聰），陳耀林（飾韓寶駒），周小來（飾南希仁），唐雞（即唐佳）（飾張阿生），徐松鶴（飾全金發），高超，袁小田（飾梁子翁），周忠	製片人，林炎（即李化）；監製，聞武（即邵柏年）；製片助理，梁廣建；原著，金庸；助理導演，梁鋒；攝影，黃錫林；攝影助理，翟棠，羅鴻紹；剪輯，酈鑫；燈光，費關慶；錄音，顧志昂；錄音助理，何梓材；美術，梁志興；化裝，黃韻文，李江紋；服裝，黎珠；道具，吳棠；廠務，姚少萍；塲務，楊堅，何滋；劇照，張文；劇務，周忠；塲記，許雲
陳思思（飾貝莉），傅奇（飾戴綏成），張冰茜（飾貝珍），關山（飾平克萊），龔秋霞（飾貝太太），洪虹（飾三女貝霞），王葆真（飾貝曼），張錚（飾韋漢），吳景平（飾高財霖），王愛明（飾貝潔），朱莉（即朱立）（飾狄小姐），李次玉（飾貝先生），洪亮（飾經理），馮琳（飾狄太太），余婉菲（飾毛曼麗）	製片人，沈天蔭
何山（飾溫正），邵漢生（飾溫明達），李月清（飾溫六孀），檸檬（飾木桑道人），陳好逑（飾安小慧），石堅（飾溫明山），上官筠慧（飾溫青青），曹達華（飾袁承志），羅艷卿（飾溫儀），吳楚帆（飾金蛇郎君），陳惠瑜（飾安大娘），楊業宏（飾穆人清），陳碩修（即石修）（飾幼年袁承志），王愛明（飾幼年安小慧），袁小田（飾啞巴），高魯泉（飾龍德鄰），高超（飾榮彩），吳殷志（飾溫明義），周小來（飾溫明施），陳耀林（飾溫明悟），黎雯，關仁，周忠，李鏡清，鄧祥	製片人，林炎（李化）；監製，聞武（即邵柏年）；原著，金庸；助理導演，楊江；攝影，沈民輝；剪輯，莊文郎；錄音，許仁浩；化妝，黃韻文，李江紋；服裝，黎珠；攝影助理，董耀庭，翁午；錄音助理，張望；燈光，費關慶；廠務，潘守華；場記，譚嬋；劇務，梁廣建；場務，盧九，何滋；道具，吳棠；製片助理，梁廣建；美工，黃學莘；劇照，張文

上映日期	片名	導演	編劇	出品公司
1959.6.3	射鵰英雄傳（二集） *Story of the Vulture Conqueror, Part Two*	胡鵬	于非	峨嵋影片公司
1959.7.1	碧血劍（下集） *Sword of Blood and Valour, Part Two*	李晨風	李晨風	峨嵋影片公司
1959.9.10	午夜琴聲 *One Million for Me*	胡小峰	林歡（即金庸）	長城電影製片有限公司
1960.5.4	書劍恩仇錄（上集） *The Book and the Sword, Part One*	李晨風	李晨風	峨嵋影片公司
1960.5.11	書劍恩仇錄（下集） *The Book and the Sword, Part Two*	李晨風	李晨風	峨嵋影片公司

演員	幕後
曹達華（飾郭靖），容小意（分飾黃蓉，藥師妻），林蛟（飾楊康），檸檬（飾洪七公），劉少文（飾周伯通），石堅（飾黃藥師），陳錦棠（飾陸乘風），黎坤蓮（飾穆念慈），陳立品（飾梅超風），林魯岳（飾歐陽鋒），李清（飾楊鐵心），梅綺（飾包惜弱），何山（飾完顏烈），何少雄（飾裘千仞），朱超（飾段天德），袁小田（飾梁子翁），楊業宏（飾王重陽），麥先聲（飾陸冠英）	製片人，林炎（即李化）；監製，聞武（即邵柏年）；原著，金庸；製片助理，梁廣建；副導演，梁鋒；攝影，黃錫林；攝影助理，翁午，羅鴻紹；音樂，盧家熾；作曲，盧家熾；填詞，金庸；剪接，余純；錄音，顧志昂；錄音助理，何梓材，張善洪（即張善琪）；服裝，黎珠；化妝，黃韻文，李江紋；佈景，梁志興；陳設，高德；劇務，周忠；場記，許雲；總務，李兆熊；洗印，星光影片洗印公司（即星光公司）；廠務，潘守華；剪接助理，鄺欽（即鄺鑫）；場務，楊堅，胡少平
曹達華（飾袁承志），上官筠慧（飾溫青青），李清（飾焦公禮），紫羅蓮（飾焦宛兒），石堅（分飾閔子華，閔子葉），吳殷志（飾梅劍和），李月清（飾焦母），陳惠瑜（飾孫仲君），何山（飾黃鐵），陳翠屏（飾阿九），楊帆（飾羅立如），麥先聲（飾吳平），袁小田（飾啞巴），黃楚山（飾程青竹），西瓜刨，高超，張生，林魯岳，林煜，黎雯	製片人，林炎（即李化）；監製，聞武（即邵柏年）；原著，金庸；助理導演，楊江；攝影，黃錫林；剪接，鄒志俠；錄音，顧志昂；化妝，黃韻文，李江紋；服裝，黎珠；攝影助理，羅鴻紹，翁午；錄音助理，何梓材，張善洪（即張善琪）；廠務，潘守華；場記，張文；劇務，周忠；場務，楊堅，何滋；陳設，高德；製片助理，梁廣建；洗印，星光影片洗印公司（即星光公司）；總務，李兆熊；佈景，梁志興
平凡（飾何希陶），花碧霞（飾張太太），余婉菲（飾張小咪），陳思思（飾葉紹英），張鐸（飾陸毅），丁川（飾張先生），王季平（飾王師傅），童毅（飾陸母），何雪玲（飾陸妹）	製片人，沈天蔭
張瑛（分飾乾隆，陳家洛），陳錦棠（飾文泰來），梁素琴（飾駱冰），石堅（飾張召重），馬金鈴（即夏娃）（飾李沅芷），楊業宏（飾陸菲青），石燕子（飾余魚同），黃楚山（飾周仲英），李月清（飾周妻），上官均惠（即上官筠慧）（飾周綺），林蛟（飾徐天宏），紫羅蓮（飾霍青桐），華雲峰，邵漢生，張醒非，劉家良，何少雄，袁小田，周忠	製片人，林炎（即李化）；監製，聞武（即邵柏年）；原著，金庸
張瑛（分飾陳家洛，乾隆），紫羅蓮（飾霍青桐），容小意（飾香香公主喀麗絲），陳錦棠（飾文泰來），馬金鈴（即夏娃）（飾李沅芷），梁素琴（飾駱冰），石堅（飾張召重），陳翠萍（飾玉如意），邵漢生（飾白振），何少雄（飾木卓倫），上官筠慧，石燕子（飾余魚同），楊業宏（飾陸菲青）	製片人，林炎（即李化）；監製，聞武（即邵柏年）；原著，金庸

上映日期	片名	導演	編劇	出品公司
1960.6.8	書劍恩仇錄（大結局） *The Book and the Sword, Concluding Episode*	李晨風	李晨風	峨嵋影片公司
1960.7.27	神雕俠侶（上集） *The Story of the Great Heroes, Part One*	李化	朱克	峨嵋影片公司
1960.8.30	神鵰俠侶（下集大結局） *The Story of the Great Heroes, Part Two*	李化	朱克	峨嵋影片公司
1961.3.1	王老虎搶親 *Bride Hunter*	胡小峰、林歡 （即金庸）	許莘	長城電影製片有限公司
1961.3.1	鴛鴦刀（上集） *The Mandarin Swords, Part One*	李化	李亨	峨嵋影片公司
1961.3.8	鴛鴦刀（大結局） *The Mandarin Swords, Concluding Episode*	李化	李亨	峨嵋影片公司

演員	幕後
張瑛（分飾乾隆皇，陳家洛），陳錦棠（飾文泰來），紫羅蓮（飾霍青桐），容小意（飾香香公主），梁素琴（飾駱冰），石燕子（飾余魚同），馬金鈴（即夏娃）（飾李沅芷），石堅（飾張召重），黃楚山（飾周仲英），李月清，楊業宏，上官筠慧（飾周綺），林蛟，邵漢生，張醒非，劉家良，何少雄，袁小田，周忠，華雲峰	製片人，林炎（即李化）；監製，聞武（即邵柏年）；原著，金庸
謝賢（飾楊過），南紅（飾小龍女），姜中平（飾霍都王子），黎小田（飾幼年楊過），林蛟（飾郭靖），梁素琴（飾李莫愁），王愛明（飾幼年陸無雙），李月清（飾孫婆婆），司馬華龍（飾尹志平），陳惠瑜（飾黃蓉），許瑩英（飾武三娘），盧燕英（即羅蘭）（飾洪凌波），楊業宏（飾丘處機），袁立祥（飾陸家僕）	製片人，林炎（即李化）；監製，聞武（即邵柏年）；原著，金庸
謝賢（飾楊過），南紅（分飾小龍女，陸無雙），梁素琴（飾李莫愁），林蛟（飾郭靖），石堅（飾金輪法王），司馬華龍（飾尹志平），梅蘭（飾郭芙），姜中平（飾霍都王子）	製片人，林炎（即李化）； 監製，聞武（即邵柏年）；原著，金庸
夏夢（飾周文賓），馮琳（飾祝枝山），何雪玲（飾琴僮），洪虹（飾少女），余婉菲（飾王老虎），李嬙（飾王秀英），白荻（飾王夫人），雲珠，張月芳，鮑玉琴，莊薇君	製片人，康年；副導演，孫芷君；攝影，蔣錫偉；攝影助理，顧志昂；音樂，齊韻；燈光，費關慶，王鶴年；錄音，洪正卿；錄音助理，陳超；剪輯，張鑫炎；剪輯助理，顧志慧；服裝設計，胡誱；服裝管理，馮琳，胡怡；化妝，宋小江，黃韻文；佈景，黃學莘；繪景，梁德祥；陳設道具，張敬遠；劇務，孫勳；場記，白荻；舞蹈指導，胡誱
林鳳（飾楊／蕭中慧），周聰（飾書生袁冠南），李清（飾蕭半天），石堅（飾卓天雄），林蛟（飾林玉龍），任燕（飾任飛鳳），袁小田（飾蕭遹），李月清（飾蕭大夫人／袁夫人），容玉意（飾蕭二夫人／楊夫人），檸檬（飾癲丐），邵漢生（飾鏢頭周方），西瓜刨，朱由高，唐雞（即唐佳），袁成就	製片人，林炎（即李化）；監製，聞武（即邵柏年）；製片助理，王德；原著，金庸；副導演，梁鋒；攝影，溫貴；助理攝影，趙洪；配樂，孫鏡海；撰曲，盧家熾；武術指導，袁小田；美術，關良；剪接，湯劍廷；錄音，夏培齡；錄音助理，陳超；佈景，溫文；劇務，鄧祥；場務，羅源，周彪；場記，盧慧
林鳳（飾蕭／楊中慧），周聰（飾袁冠南），李清（飾蕭半天），石堅（飾清廷侍衞卓天雄），林蛟（飾林玉龍），任燕（飾任飛鳳），袁小田（飾啞僕蕭通），李月清（飾袁夫人），容玉意（飾楊夫人），檸檬（飾癲丐），邵漢生（飾鏢頭周方），西瓜刨（飾四傻俠），唐雞（即唐佳）（飾四傻俠），袁成就（飾四傻俠），朱由高（飾四傻俠），王明樓（飾鏢師），馮俠蘇（飾鏢師），石袁斌（即石致斌）（飾鏢師），肥英（飾鏢師），陳少明（即陳少鵬）（飾鏢師），鄧祥（飾鏢師），許君漢（飾侍衞）	製片人，林炎（即李化）；監製，聞武（即邵柏年）；製片助理，王德；原著，金庸；副導演，梁鋒；攝影，溫貴；助理攝影，趙洪；配樂，孫鏡海；作曲，盧家熾；武術指導，袁小田；美術，關良；剪接，湯劍廷；錄音，夏培齡；錄音助理，陳超；劇務，鄧祥；場務，羅源，周彪；場記，盧慧；佈景，溫文

上映日期	片名	導演	編劇	出品公司
1961.8.30	神鵰俠侶（三集） *The Story of the Great Heroes, Part Three*	李化	朱克	峨嵋影片公司
1961.9.6	神鵰俠侶（四集） *The Story of the Great Heroes, Part Four*	李化	朱克	峨嵋影片公司
1963.5.15	倚天屠龍記（上集） *Story of the Sword and the Sabre, Part One*	張瑛；聯合導演：蔡昌	張瑛、李亨	豪華影片公司
1963.5.22	倚天屠龍記（下集） *Story of the Sword and the Sabre, Part Two*	張瑛；聯合導演：蔡昌	張瑛、李亨	豪華影片公司
1964.3.25	雪山飛狐（上集） *The Flying Fox over the Snowy Hills, Part One*	李化	李亨	峨嵋影片公司
1964.4.1	雪山飛狐（大結局） *The Flying Fox over the Snowy Hills, Concluding Episode*	李化	李亨	峨嵋影片公司

演員	幕後
謝賢（飾楊過），南紅（分飾小龍女，陸無雙），梁醒波（飾周伯通），江雪（飾公孫綠萼），上官筠慧（飾郭芙），姜中平（飾霍都王子），石堅（飾金輪法王），林蛟（飾郭靖），袁小田，李鵬飛（飾谷主），司馬華龍（飾武修文），許瑩英（飾黃容），高魯泉（飾店主），何驚凡（飾武敦儒）	製片人，林炎（即李化）； 監製，聞武（即邵柏年）；製片，林炎（即李化）；原著，金庸
謝賢（飾楊過），南紅（飾小龍女），林蛟（飾郭靖），石堅（飾金輪法王），上官筠慧（飾郭芙），何驚凡（飾武敦儒），司馬華龍（飾武修文），許瑩英（飾黃蓉）	製片人，林炎（即李化）；監製，聞武（即邵柏年）；原著，金庸
張瑛（飾武當五俠-張翠山），白燕（飾白眉教香主-殷素素），石堅（飾金毛獅王-謝遜），楊茜（飾武當七俠-施金鳳），高魯泉（飾鶴筆翁），張生（飾武當派掌門-張三丰），司馬華龍（飾武當三俠-俞岱岩），西瓜刨（飾店小二），袁小田（飾少林高僧-圓業大師），林魯岳（飾常金鵬），尹靈光（飾武當四俠-張松溪），何碧堅（即何璧堅）（飾武當二俠-俞蓮舟），胡平（飾武當大俠-宋遠橋），丁羽（飾武當六俠-殷利亨），林甦（飾神拳派拳門-過三拳），周吉（飾長白三禽之首），白文彪（飾龍門鏢局總鏢頭-都大錦），何雲（飾崑崙派劍客-蔣濤），袁立祥（飾崑崙派劍客-高則成），譚天（飾巨鯨幫幫主），關正良（飾海沙派首領），區嶽（飾祝標頭），鄧祥（飾史標頭）	製片人，張鐵、麥濤；原著，金庸；監製，劉衡仲；劇務，楊堅；副導演，簫笙；場記，盧慧；攝影，溫貴；剪接，趙群，謝華；佈景，陳景森；道具，林華三；服裝，陳坤；化妝，陳文輝；髮飾，偉嫂；音樂，于粦；錄音，任伯芳；冲印，星光（即星光公司）；劇照，潘肇猷；顧問，金庸
張瑛（飾張翠山），白燕（飾殷素素），楊茜（飾施金鳳），石堅（飾金毛獅王謝遜），梁家寶（反串童年張無忌），李鵬飛（飾白眉鷹王殷天正），黃侃（飾空聞大師），張生（飾張三丰），胡平（飾宋遠橋），何碧堅（即何璧堅）（飾俞蓮舟），馮敬文（飾鹿杖客），高魯泉（飾鶴筆翁），司馬華龍（飾俞岱岩），黎雯（飾新娘母），尹靈光（飾張松溪），丁羽（飾殷利亨），梁淑卿（飾滅絕師太），吳殷志（飾元將軍），張翠鶯（飾新娘），劉家良（飾元鷹犬），朱由高	製片人，張鐵、麥濤；原著，金庸；監製，劉衡仲；劇務，楊堅；副導演，簫笙；場記，盧慧；攝影，溫貴；剪接，趙群，謝華；佈景，陳景森；道具，林華三；服裝，陳坤；化妝，陳文輝；髮飾，偉嫂；音樂，于粦；錄音，任伯芳；冲印，星光（即星光公司）；劇照，潘肇猷；顧問，金庸
江漢（分飾胡一刀，胡斐），歐嘉慧（飾袁紫衣），李月清，石堅（飾閻基），吳殷志（飾苗人鳳），袁小田（飾劉鶴真），高魯泉（飾朝奉），西瓜刨，楊業宏，陳惠瑜，鶯鶯（即上官玉）	製片人，林炎（即李化）；監製，聞武（即邵柏年）；原著，金庸；攝影，李筠；剪接，湯劍廷；佈景，溫文；配樂，陳琦；錄音，陳超
江漢（飾胡斐），歐嘉慧（飾袁紫衣），李月清，石堅（飾閻基/鳳人英），鶯鶯（即上官玉）（飾程靈素），吳殷志（飾金面佛/苗人鳳），陳惠瑜（飾斐母），袁小田（飾劉鶴真），劉家良，江寶蓮，香海，周鶯，鄧祥	製片人，林炎（即李化）；監製，聞武（即邵柏年）；原著，金庸；攝影，李筠；剪接，湯劍廷；佈景，溫文；配樂，陳琦；錄音，陳超

上映日期	片名	導演	編劇	出品公司
1965.6.30	倚天屠龍記（三集） *Story of the Sword and the Sabre, Part Three*	楊工良	楊工良	揚子江影業公司
1965.7.7	倚天屠龍記（四集大結局） *Story of the Sword and the Sabre, Part Four*	楊工良	楊工良	揚子江影業公司

演員	幕後
林家聲（飾張無忌），陳好逑（飾趙明），李紅（飾小昭），陳寶珠（飾周芷若），呂悅萍（飾楊不悔），李鵬飛（飾圓真），少新權（飾空智大師），張生（飾張三豐），吳桐（飾楊逍），張作舟（飾殷天正），梅欣（飾說不得），司馬華龍，蕭仲坤（飾俞岱岩），容玉意（飾滅絕師太），林通（飾殷利亨），袁小田（飾鶴筆翁），梅蘭，劉家良（飾韋一笑），唐佳（飾范遙），韓英傑，陳小明（飾弟子），黃君林（飾弟子），馮敬文（飾鹿杖客），西瓜刨（飾矮老者），黃公武（飾宋遠橋），黃希雲（飾俞蓮舟），陳美玲（飾班淑嫻），張醒非（飾崆峒長老），李細牛（飾弟子），周小來（飾弟子），袁龍（飾高老者），何雲（飾張松溪），胡楚倫（飾莫聲谷），馬師鉅（飾宋青書），潘耀坤（飾弟子），白劍萍（飾張中），名駒揚（飾彭和尚），李壽祺（飾殷野王），周吉（飾冷謙），香海（飾周顛），李青薇（即李菁薇）（飾靜虛），顧玲詩（飾女弟子），顧若鳳（飾女弟子），江寶蓮（飾女弟子），吳殷志（飾何太沖），黎雯，華雲峯，林魯岳，林魯四，尹靈光，陳英（即肥英），董才寶，徐松鶴，小麒麟，楊古仔，王明樓，李之，羅邊蝦，劉準，胡坤雄，小老虎，李寶倫，韋文，何柏光，潘日樓	製片人，江揮、梁景博；監製，江強；製片，江揮，梁景博；原著，金庸；顧問，金庸；副導，李柏超；攝影，伍強，鄭勇，崔鑫玉；剪接，楊柏榮；撰曲，潘焯；主唱，林家聲，李紅，陳寶珠；卡通，甄天秀；燈光，庚好；化粧，吳楚雄，李炳南；髮飾，徐錦麟；道具，電影懋業公司（即國際電影懋業有限公司）；佈景，包天鳴；劇務，黃希雲，潘耀坤；場記，蔣澤基；洗印，李德軒
林家聲（飾張無忌），陳好逑（飾趙明），李紅（飾小昭），陳寶珠（飾周芷若），呂悅萍（即呂月萍）（飾楊不悔），唐佳（飾范遙），梅欣（飾說不得），周吉（飾冷謙），香海（飾周顛），劉家良（飾韋一笑），司馬華龍，蕭仲坤（飾俞岱岩），容玉意（飾滅絕師太），少新權（飾空智大師），袁小田（飾鹿杖客），張生（飾張三丰），林通（飾殷利亨），吳桐（飾楊逍），白劍萍（飾張中），名駒揚（飾彭和尚），張作舟（飾殷天正），李壽祺（飾殷野王），李青薇（飾靜虛），顧玲詩（飾女弟子），顧若鳳（飾女弟子），江寶蓮（飾女弟子），吳殷志（飾何太沖），陳美玲（飾班淑嫻），張醒非（飾崆峒長老），李細牛（飾弟子），周小來（飾弟子），潘耀坤（飾弟子），陳小明（飾弟子），黃君林（飾弟子），袁龍（飾高老者），西瓜刨（飾矮老者），黃公武（飾宋遠橋），黃希雲（飾俞蓮舟），何雲（飾張松溪），林通（飾殷利亨），胡楚倫（飾莫聲谷），馬師鉅（飾宋青書），馮敬文（飾鶴筆翁），黎雯，華雲峯，林魯岳，林魯四，尹靈光，陳英（即肥英），董才寶，韓英傑，徐松鶴，小麒麟，楊古仔，王明樓，李之，羅邊蝦，劉準，胡坤雄，小老虎，李寶倫，韋文，潘日樓，何柏光	製片人，江揮、梁景博；原著，金庸；監製，江強；製片，江揮，梁景博；副導，李柏超；攝影，伍強，鄭勇，崔鑫玉；剪接，楊柏榮；撰曲，潘焯；主唱，林家聲，陳好逑；燈光，庚好；劇務，黃希雲，潘耀坤；場記，蔣澤基；佈景，包天鳴；化粧，吳楚雄，李炳南；髮飾，徐錦麟；冲印，李德軒；道具，電影懋業公司（即國際電影懋業有限公司）；卡通，甄天秀

註：本表不包括把原著人物姓名更改的金庸小說改編電影。

參考資料

牛阿曾：〈《金庸年譜簡編》補正（增訂版）〉，《金庸江湖》網站，2022 年 7 月 4 日發表：https://www.jyjh.cn/jyztc/jinyongshiji/1956.html

牛阿曾：〈他曾兩度濟金庸——湖光農場主姓名身份考〉，《金庸江湖》網站，2023 年 10 月 23 日發表：https://www.jyjh.cn/jyztc/3130.html

牛阿曾：〈金庸湘西行歷管窺〉，《金庸江湖》網站，2022 年 4 月 7 日發表：https://www.jyjh.cn/jyztc/jinyongshiji/2134.html

牛阿曾：〈湖光農場與湘西舊情——金庸生平新考〉，《金庸江湖》網站，2023 年 10 月 21 日發表：https://www.jyjh.cn/jyztc/3118.html

王秋桂主編：《金庸小說國際學術研討會論文集》（台北：遠流，1999）。

石琪：〈特輯：金庸與電影——難分難合未了情〉，《明報月刊》第 54 卷第 1 期（總 637 期）（2019 年 1 月）。

何禮傑：〈金庸對話錄〉，杜南發等著：《諸子百家看金庸（第五輯）》（台北：遠景出版事業公司，1987），頁 37-53。

余兆文：〈憶金庸的愛好〉，《金庸江湖》網站，2021 年 11 月 1 日發表：https://www.jyjh.cn/jyztc/jinyongshiji/2474.html

余慕雲：《香港電影史話（卷三）：四十年代》（香港：次文化堂，1998）。

余慕雲：《香港電影史話（卷四）：五十年代（上）》（香港：次文化堂，2000）。

余慕雲：《香港電影史話（卷五）：五十年代（下）》（香港：次文化堂，2001）。

吳東陽：〈查良鏞香港《大公報》（1953-1957 年）影評研究〉，上海交通大學碩士學位論文，2020。

吳迎君：〈20 世紀 50 年代的香港左派電影批評〉，《四川戲劇》，2014 年第 6 期：66-70。

吳貴龍：《亦狂亦俠亦溫文——金庸的光影片段》（香港：中華書局，2017）。

李以建：〈從影話到影談，從專欄到巨著〉，金庸著、李以建編：《金庸選集——金庸影話》的序言（香港：天地圖書，2024）。

杜冶秋：〈我·姐姐·金庸——半個世紀前的故事〉，《上海戲劇》1997 年第 5 期：11-15。

沈西城：《金庸與倪匡》（香港：利文出版社，1984）。

沈鑒治：《君子以經論——沈鑒治回憶錄》（香港：三聯書店，2011）。

周榆瑞著、香港時報編輯部譯：《徬徨與抉擇》（香港：香港時報，1963）。

林保淳：《俠客行——傳統文化中的任俠思想》（新北市：暖暖書屋文化，2013）。

林保淳：《解構金庸（增訂版）》（香港：香港獨家出版集團，2020）。

林清玄：〈大俠金庸爐邊談影〉，翁靈文等著：《諸子百家看金庸（第三輯）》（台北：遠景出版事業公司，1985），頁157-180。

邱健恩：《何以金庸：金學入門六大派》（香港：中華書局，2021）。

邱健恩：《何以金庸II：人物情節快閃榜》（香港：中華書局，2023）。

金庸：〈笑容在我看來是一種蒙太奇〉，楊君著《笑容——與媒體英雄面對面》的序言（北京：中國電影出版社，2000）。

金庸：〈談《彷徨與抉擇》〉，《明報》1963年4月23日開始連載，全文逾7萬字。

金庸：〈關於武俠小說的幾個問題〉，《武俠與歷史》第3至8期（1960年2月1日-3月21日，分六期連載）。

金庸：《金庸散文》（香港：明河社，2007）。

金庸著、李以建編：《金庸散文集》（香港：天地圖書，2019）。

金庸著、李以建編：《金庸選集——金庸影話》（香港：天地圖書，2014）。

金庸著、黃子平編選：《尋他千百度——金庸集》（香港：中華書局，2013）。

金庸、池田大作：《探求一個燦爛的世紀》（香港：明河社，1998）。

〈金庸紀念專號〉，《明報月刊》第53卷第12期（總636期）（2018年12月）。

〈金庸——傳奇香港和遼闊江湖〉（封面故事），《三聯生活周刊》（2017年7月17日）。

〈金庸圖錄〉，《紫荊》特刊第一期（2009）。

《金庸江湖》網站：https://www.jyjh.cn

《金庸茶館》網站：http://jinyong.ylib.com.tw

洪振快：《講武論劍——金庸小說武功的歷史真相》（香港：和平圖書，2007）。

香港八和會館、區文鳳編：《香港八和會館四十週年紀念特刊》（香港：香港八和會館，1993）。

香港大公文匯傳媒集團：〈大公報名人館〉，《大公文匯報史館》網站：https://www.tkww.hk/mrg/mrg-file.html

香港文化博物館編製、容世誠主編：《戲園·紅船·影畫：源氏珍藏「太平戲院文物」研究》（香港：康樂及文化事務署，2015）。

香港電影資料館編：《理想年代——長城、鳳凰的日子》（香港影人口述歷史叢書之二）（香港：香港電影資料館，2001）。

香港電影資料館編：《童星·同戲——五、六十年代香港電影童星》（香港：香港電影資料館，2014）。

《香港電影導演大全》電子版：http://www.hkfilmdirectors.com/1914-1978/index.php

倪匡、明報出版社編輯部編著：《細味金庸傳奇一生》（香港：明報出版社：2018）。

倪匡：《我看金庸小說》（台北：遠景出版事業公司，1980）。

倪匡：《再看金庸小說》（台北：遠景出版事業公司，1981）。

倪匡：《三看金庸小說》（台北：遠景出版事業公司，1982）。

倪匡：《四看金庸小說》（香港：博益出版集團，1983）。

倪匡等：《名家談神鵰》（香港：博益出版集團，1983）。

翁靈文：〈金庸暢敘平生和著作〉，《翁靈文訪談集》（香港：初文出版社，2018），頁91-99。

〈追憶梁羽生〉（特輯），《明報》第44卷第3期（總519期）（2009年3月）。

區肇龍：《香港故事：金庸小說的誕生》（香港：初文出版社，2021）。

張圭陽：《金庸與報業》（香港：明報出版社，2000）。

張彧：〈流落民間的金庸雙簽藏書《契訶夫的戲劇藝術》〉，《週末飲茶》第二期（香港：初文出版社），頁 161-165。

張彧：《香江飛鴻——黃飛鴻傳奇與嶺南文化》（香港：中華書局，2023）。

張健智：《儒俠金庸傳》（上海：上海遠東出版社，2006）。

張燁：《永恆的光輝》（第一、二集）（香港：創建出版集團公司，1990）。

張燕：《在夾縫中求生存——香港左派電影研究》（北京：北京大學出版社，2010）。

梁羽生：〈學兼中外的才子劉芃如〉，《大公報》2010 年 7 月 4 日 B9 版文摘第 61 期。

許德成：〈淺談金庸小說改編電影〉，《金庸茶館》網站：http://jinyong.ylib.com.tw/lib/jynews88.htm

連民安、吳貴龍編著：《星光大道——五六十年代香港影壇風貌》（香港：中華書局，2016）。

郭靜寧編：《香港影片大全第四卷：1953-1959》（香港：香港電影資料館，2003）。

郭靜寧編：《香港影片大全第五卷：1960-1964》（香港：香港電影資料館，2005）。

郭靜寧編著：《南來香港》（香港影人口述歷史叢書之一）（香港：香港電影資料館，2000）。

陳公哲編：《精武觀中之吳陳比武》（香港：沒有出版社資料，1954）。

陳墨：《陳墨評說金庸》（香港：三聯書店，2016）。

傅國湧：《金庸傳》（新北市：INK 印刻文學生活雜誌出版股份有限公司，2016）。

傅慧儀編：《香港影片大全第二卷：1942-1949》（香港：香港電影資料館，1998）。

傅慧儀編：《香港影片大全第三卷：1950-1952》（香港：香港電影資料館，2000）。

程步高：《影壇憶舊》（北京：中國電影出版社，1983）。

華南電影工作者聯合會編：《情繫香江五十年：華南電影工作者聯合會金禧紀念特刊 1949-1999》（香港：華南電影工作者聯合會，1999）。

華南電影工作者聯合會編：《永遠的美麗：華南電影工作者聯合會六十周年紀念 1949-2009》（香港：華南電影工作者聯合會，2009）。

項莊（董千里）：《金庸小說評彈》（香港：明窗出版社，1995）。

黃愛玲、李培德編：《冷戰與香港電影》（香港：香港電影資料館，2009）。

黃愛玲編：《李晨風——評論‧導演筆記》（香港：香港電影資料館，2004）。

奧斯登著、楊繽譯：《傲慢與偏見（上）》（上海：商務印書館，1935）。

楊子宇：《夢回仲夏——夏夢的電影和人生》（香港：香港中和出版，2017）。

楊奇著、余非改編：《香港淪陷大營救 1941-1945》（香港：三聯書店，2014）。

楊健恩主篇：《文心俠骨錄》（香港：漢華中學，2005）。

楊紫燁：《昨日的影　今日的光——粵語片劇照風華半世紀》（香港：香港電影評論學會，2022）。

楊興安：《金庸筆下世界》（香港：博益出版集團，1983）。

楊興安：《歲月如歌》（香港：初文出版社，2022）。

廖志強：《一個時代的光輝——「中聯」評論集資料集》（香港：天地圖書，2001）。

蒲鋒、許建章、劉勤銳、鄭凱靈編：《香港電影導演大全》（香港：香港電影導演會有限公司，2018）。

蒲鋒：〈從林歡到金庸——電影劇本到小說的寫作軌跡〉，鄭政恆主編：《金庸：從香港到世界》（香港：三聯書店，2016），頁 396-408。

趙永佳、呂大樂、容世誠編：《胸懷祖國——香港「愛國左派」運動》（香港：香港牛津大學出版社，2014）。

銀都機構編：《銀都六十（1950-2010）》（香港：三聯書店，2010）。

劉國重：《金庸評傳》（共四冊）（香港：香港獨家出版集團，2020）。

慕津鋒：〈金庸年譜簡編〉，《頭條匯》網站，2014年4月13日發表：https://min.news/zh-hant/culture/85833f8baec01e76f030a61d3d97e08d.html

慕容羽軍著、黎漢傑編：《看路開路：慕容羽軍香港文學論集》（香港：初文出版社，2019）。

蔡炎培：《明報歲月》（香港：又有文化傳播公司，2015）。

鄭政恆：〈為國為民，俠之大者：金庸小說與香港電影〉，鄭政恆主編：《金庸：從香港到世界》（香港：三聯書店，2016），頁410-416。

鄭政恆主編：《金庸：從香港到世界》（香港：三聯書店，2016）。

盧敦：《瘋子生涯半世紀》（香港：香江出版，1992）。

鮑德熹編：《鮑方——藝術人生》（私人印刷非賣品）（香港，2006）。

藍天雲編：《我為人人——中聯的時代印記》（香港：香港電影資料館，2011）。

鄺啟東：《另類金庸——武俠以外的筆耕人生》（香港：中華書局，2023）。

羅海雷：《我的父親羅孚——一個報人、「間諜」和作家的故事》（香港：天地圖書，2011）。

嚴曉星：《金庸年譜簡編》（成都：四川文藝出版社，2021）。

蘇濤：〈左翼的演變與重生：程步高與戰後香港電影〉，《電影南渡——「南下影人」與戰後香港電影（1946-1966）》（增訂版）第四章（香港：香港中和出版，2021），頁98-114。

蘇濤：《電影南渡——「南下影人」與戰後香港電影（1946-1966）》（增訂版）（香港：香港中和出版，2021）。

Cha, Louis. "Imperial Succession in Tang China, 618-762." Doctoral thesis, Faculty of Asian and Middle Eastern Studies, Cambridge University, 2010.（約2032年公開）

Chang, Jing Jing. "*China Doll* in Flight: Li Lihua, *World Today*, and the Free China-US Relationship." *Film History* 26, No. 3 (2014): 1-28.

Chang, Jing Jing. *Screening Communities: Negotiating Narratives of Empire, Nation, and the Cold War in Hong Kong Cinema.* Hong Kong: Hong Kong University Press, 2019.

Chou, Eric. *A Man Must Choose: The Dilemma of a Chinese Patriot.* London: Longmans, 1963.

Fu, Po-Shek. *Hong Kong Media and Asia's Cold War.* New York: Oxford University Press, 2023.

Jarvie, I. C. *Window on Hong Kong: A Sociological Study of the Hong Kong Film Industry and Its Audience.* Hong Kong: Centre of Asian Studies, University of Hong Kong, 1977.

Law Kar, and Frank Bren. *Hong Kong Cinema: A Cross-cultural View.* Oxford: Scarecrow Press, 2004.

Lawson, John Howard. *Film in the Battle of Ideas.* New York: Masses & Mainstream, 1953.

Play It Again（故影集：香港外語電影資料網）https://playitagain.info/site/

Snow, Edgar. *Red Star over China.* London: Left Book Club, Victor Gollancz, 1937; New York: Random House, 1938; New York: Modern Library, 1944; New York: Grove, 1968.

Snow, Edgar, comp. and ed. *Living China: Modern Chinese Short Stories.* London: G. G. Harrap, 1936; New York: John Day; Reynal & Hitchcock, 1937.

鳴謝

☆☆☆☆☆☆☆☆☆ ☆☆☆☆☆☆☆☆☆☆☆☆☆☆☆☆☆☆☆☆☆

（排名不分先後）

吳貴龍先生	吳國峰先生
鄺啟東先生	于薇女士
連民安先生	余嘉明先生
蔡思行博士	陸鎮強先生
蕭郁鵬先生	鄭恩奇先生
黎耀強先生	鄭寶鴻先生
張琳琳女士	陳汝佳先生
張菁菁教授	廖信光先生
陳勇超先生	彭智文博士
陳日新先生	張西門先生
張芷汀小姐	張順光先生
張恩鳴先生	劉銓登先生
吳昕宇女士	李偉雄先生

陳廣隆先生　　　　　　　　九龍舊書店

邱健恩博士　　　　　　　　512 平價書攤

冼杞然先生

歐陽文利先生

庚戌子先生

Terry Wong 先生

Santi Handayani 女士

香港大公文匯傳媒集團

香港電影資料館

香港文化博物館

銀都機構有限公司

三劍俠舊書拍賣群

神州舊書文玩有限公司

金庸的
電影歲月

——從笑傲江湖到
家國情懷

張彧 ——— 著

責任編輯
黃杰華、翁麗婷

裝幀設計
Sands Design Workshop

排　版
Sands Design Workshop

印　務
劉漢舉

出　版
中華書局（香港）有限公司
香港北角英皇道 499 號北角工業大廈 1 樓 B 室
電話：（852）2137 2338
傳真：（852）2713 8202
電子郵件：info@chunghwabook.com.hk
網址：http://www.chunghwabook.com.hk

發　行
香港聯合書刊物流有限公司
香港新界荃灣德士古道 220-248 號
荃灣工業中心 16 樓
電話：（852）2150 2100
傳真：（852）2407 3062
電子郵件：info@suplogistics.com.hk

印　刷
泰業印刷有限公司
香港新界大埔工業邨大貴街 11 至 13 號

版　次
2024 年 7 月初版
©2024 中華書局

規　格
16 開（218mm×260mm）

ISBN
978-988-8862-18-4